हिन्द पॉकेट बु

काँच के टुकड़े

कृश्न चन्दर हिन्दी और उर्दू के कहानीकार थे। उनका जन्म 23 नवंबर 1914 को वज़ीराबाद, ज़िला गूज़रांवाला (अब पाकिस्तान) में हुआ था। उनका बचपन पुंछ (जम्मू और कश्मीर) में बीता। उन्होंने अनेक कहानियाँ और उपन्यास लिखे हैं। उनके जीवनकाल में उनके बीस उपन्यास और 30 कथा-संग्रह प्रकाशित हो चुके थे। उन्होंने रेडियो नाटक और फिल्मी पटकथाएँ भी लिखीं। 1973 की प्रसिद्ध फिल्म मनचली के संवाद उन्हीं के लिखे हुए थे। उनकी भाषा पर डोगरी और पहाड़ी का प्रभाव दिखता है। उनकी कहानी पर धरती के लाल (1946) और शराफत (1970) जैसी फिल्में बनीं।

काँच के टुकड़े

कृश्न चन्दर

हिन्द पॉकेट बुक्स
पेंगुइन रैंडम हाउस इम्प्रिंट

हिन्द पॉकेट बुक्स

यूएसए। कनाडा। यूके। आयरलैंड। ऑस्ट्रेलिया। सिंगापुर
न्यू ज़ीलैंड। भारत। दक्षिण अफ्रीका। चीन

हिन्द पॉकेट बुक्स, पेंगुइन रैंडम हाउस ग्रुप ऑफ़ कम्पनीज़ का हिस्सा है,
जिसका पता global.penguinrandomhouse.com पर मिलेगा

पेंगुइन रैंडम हाउस इंडिया प्रा. लि.,
चौथी मंजिल, कैपिटल टावर -1, एम जी रोड,
गुड़गांव 122 002, हरियाणा, भारत

पेंगुइन
रैंडम हाउस
इंडिया

प्रथम हिन्दी संस्करण हिन्द पॉकेट बुक्स द्वारा 1982 में प्रकाशित
यह हिन्दी संस्करण हिन्द पॉकेट बुक्स में पेंगुइन रैंडम हाउस द्वारा 2022 में प्रकाशित

10 9 8 7 6 5 4 3 2

इस पुस्तक में व्यक्त विचार लेखक के अपने हैं, जिनका यथासंभव तथ्यात्मक
सत्यापन किया गया है, और इस संबंध में प्रकाशक एवं सहयोगी
प्रकाशक किसी भी रूप में उत्तरदायी नहीं हैं।

ISBN 9789353495756

मुद्रकः रेप्रो इंडिया लिमिटेड

www.penguin.co.in

FSC www.fsc.org MIX Paper from responsible sources FSC® C047271

This is a legitimate digitally printed version of the book and therefore might not
have certain extra finishing on the cover.

क्रम

कांच के टुकड़े

पालना

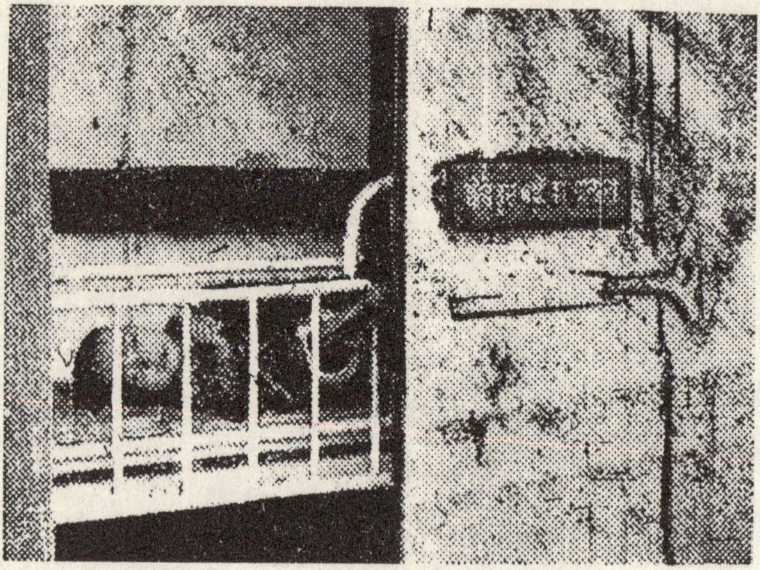

यह तसवीर 'इण्डियन एक्सप्रेस' दिल्ली के 11 जून, 1960 के अंक में छपी थी।

पालना

मेरे हाथ में एक ऐनक है।

लोग इसे ऐनक कहते हैं, मगर मेरे विचार में ये केवल कांच के टुकड़े हैं, जो प्लास्टिक की कमानी में फंसा दिए गए हैं, जिस तरह समाज की कमानी में मनुष्य का जीवन फंसा दिया जाता है...यह जीवन टूट सकता है, मगर इस कमानी से बाहर निकल नहीं सकता—यही हाल कांच के इन दो टुकड़ों का है।

मगर प्लास्टिक की कमानी में फंसे हुए कांच के ये दो टुकड़े मामूली भी नहीं हो सकते, क्योंकि जब मैं इन्हें अपनी आंखों पर रखता हूं तो आश्चर्य होने लगता है। वह सब कुछ जो इससे पहले नज़र नहीं आता था, या जो फीका, फैला-फैला, गोरखधन्धा-सा लगता था, या जो उड़े-उड़े-से धुंधलके में लिपटा हुआ, धूल-मिट्टी में अटा हुआ दिखाई देता था, वह सब कुछ साफ-साफ नज़र आने लगता है। जैसे धुंध छंट गई हो, गुबार धुल गया हो और हर चीज़ फोकस में हो। मेरे विचार में कांच के टुकड़ों का और कोई फायदा हो न हो, इतना फायदा तो ज़रूर है कि ये टुकड़े इन्सान की आंखों को ठीक कर देते हैं। यों तो हर इन्सान के पास आंखें होती हैं, आंखों में नज़र होती है, नज़र में निगाह होती है, मगर कभी-कभी ऐसा भी होता है कि इन्सान आंखें होते हुए भी कुछ नहीं देखता, नज़र रखते हुए भी अंधा रहता है, निगाह होते हुए भी कुछ नहीं समझता, और वह ऐसा महसूस करता है, जैसे उसके चारों ओर ऊंची-ऊंची दीवारें हों और बीच में अंधेरा हो।

मगर ये कांच के टुकड़े बड़े अजीब हैं। ये दीवारों के आर-पार देख लेते हैं। जहां अंधेरा होता है वहां रोशनी लेकर पहुंच जाते हैं। ये चाहें तो वक्त थम जाए, आगे बहने लगे या पीछे को चलने लगे। नज़र जब इन टुकड़ों में से गुज़रती है तब रोशनी से ज़्यादा तेज़ रफ्तार हो जाती है। कभी यह नज़र सम्पूर्ण प्रकृति को घेरे में ले लेती है और कभी एक बिन्दु पर ही जमकर रह जाती है।

हर रोज़ सुबह का अखबार मैं कांच के इन्हीं टुकड़ों की मदद से पढ़ता हूं। मगर इनका बरताव मेरी आंख के साथ कुछ अजीब-सा है। मिसाल के तौर पर मैं आज सुबह के अखबार में प्रधानमंत्री का भाषण पढ़ना चाहता था। मगर ये कांच के टुकड़े शायद कुछ और ही पढ़ना चाहते थे। ज्योंही मैंने प्रधानमंत्री का भाषण पढ़ना शुरू किया, त्योंही अखबार के अक्षर मेरी नज़र के नीचे से फिसलने लगे और पिघलकर अपनी शक्ल खोने लगे, फिर बड़े-बड़े दायरे बनकर मेरी आंखों के गिर्द नाचने लगे। परेशान होकर मैंने अपनी नज़र वहां से हटा ली। सोचा, चलो प्रधानमंत्री का भाषण न सही, कोई दूसरी खबर ही पढ़ेंगे, ज़रा मालूम तो करें अफ्रीका में क्या हो रहा है। यह जानने के लिए मैंने अखबार का पन्ना पलटा तो मेरी नज़र फिसलते-फिसलते अफ्रीका की खबर से भी नीचे फिसलती हुई एक तसवीर पर पहुंचकर रुक गई और कांच के टुकड़े फोकस में आ गए।

यह अफ्रीका के किसी बड़े नेता की तसवीर न थी, यह दिल्ली में दरियागंज के एक यतीमखाने की तस्वीर थी, जिसके बाहर एक पालना लटका हुआ था, ताकि लोग-बाग हरामी बच्चों को किसी गंदी मोरी में डालने या कूड़ा-करकट के ढेर पर फेंकने के बजाय इस पालने में डाल जाएं। किस कदर बढ़िया, उम्दा और नेक ख्याल आया था किसीको! जिस किसीने यह तरकीब निकाली थी, उसकी तीव्र बुद्धि

की दाद न देना बड़े ज़ुल्म की बात होगी। मैंने पलक झपकाकर गौर से उस पालने की तरफ देखा तो...तो पलक झपकते ही मैं स्वयं वहां मौजूद था।...

पक्के रंग की एक औरत उस पालने में एक बच्चा रखकर जल्दी से भागी जा रही थी। "अरे, अरे...ठहरो!" मैंने चिल्लाकर कहा। मगर मुझे देखते ही वह और भी तेज़ी से भाग निकली और गली के नुक्कड़ पर गायब हो गई। मैंने एक नज़र से पालने में पड़े बच्चे की ओर देखा। दूसरे ही क्षण मैं उस औरत की तरफ भागा। उससे अगली गली के आखिरी मोड़ पर मैंने उसे जा पकड़ा। वह हांफती-कांपती एक ड्रग-स्टोर के खाली बरामदे में बैठ गई। मुझे अपने निकट आता देखकर उसकी परेशानी बढ़ती जा रही थी। मैंने पास जाकर कहा, "तुम्हें शर्म नहीं आती, अपना बच्चा उस पालने में छोड़ आई हो?"

बिलकुल पास से उसे देखा तो महसूस हुआ कि मेरा उससे यूं प्रश्न करना ठीक न था, क्योंकि वह उम्र के उस हिस्से से गुज़र चुकी थी, जब औरतों के बच्चा पैदा होता है।

उसने मेरे प्रश्न का कोई उत्तर न दिया, क्योंकि वह बेहद घबराई हुई थी। उसने मेरे दोनों पांव पकड़ लिए और उनपर अपना सिर रख दिया।

"किसका बच्चा है?" मैंने कड़ककर पूछा।

"मेरी लड़की का।" उसने रोते हुए जवाब दिया।

"कहां रहती हो?"

"सिरीवालां की गली में।"

"बच्चे को वापस ले जाओ!"

"नहीं ले जा सकती," बुढ़िया ने रोते-रोते अपना सिर ऊपर उठाया, "अभी तो मैं अपनी लड़की को भी मुहल्ले में वापस नहीं ले जा सकती। लोग क्या कहेंगे, बिरादरी क्या कहेगी! अभी तो मेरी लड़की कुंआरी है। फिर यह बच्चा कहां से आया...बच्ची के बाप को तो इसका कुछ पता नहीं है। उसे मालूम हो गया तो वह मेरी बिटिया को जान से मार डालेगा!"

"और वह बदमाश कहां है जिसने...जिसने? ..."

"उसने अपना तबादला बाहर मद्रास में करा लिया है। पहले तो कहता था, मैं शादी कर लूंगा, फिर चपके से तबादला कराके मद्रास चला गया।"

"तो मद्रास में जाकर पकड़ लो, उसपर मुकदमा चला दो!"

"कितनी बदनामी होगी बेटा, सारे खानदान का नाक कट जाएगी! ज़रा सोचो तो, अभी तो मेरी बिटिया कुंआरी है, अभी तो किसीको कुछ मालूम नहीं है, अभी तो किसी दूसरी जगह भी मैं उसकी शादी कर सकती हूं।"

मैं उस बुढ़िया के पास बैठ गया और उसे बड़े मीठे-मीठे स्वर में समझाने की कोशिश करने लगा, "ज़रा सोचो तो मां, तुम उस बच्चे की नानी हो, नानी! वह तुम्हारा नवासा है! जीवन-भर शायद तुमने अपने नवासे को गोद में खिलाने का सपना देखा होगा और आज तुम उसे यतीमखाने के पालने में छोड़ आई हो! ज़रा सोचो तो मां, तुम्हारी बेटी का पहला बच्चा किस वातावरण में पलेगा! मैं तुमसे कहता हूं मां, तुम उस बच्चे को वापस ले जाओ! उसे मां का प्यार दो, नानी का लाड़ और चाव दो! उसे तुम्हारे घर में जीने का उतना ही हक है जितना तुम्हारी लड़की को। रहा शादी का प्रश्न, सो हमारा देश अब इतना पिछड़ा हुआ नहीं रहा। आज तुम्हें ऊंचे विचारोंवाले ऐसे हज़ारों युवक मिल जाएंगे जो

तुम्हारी लड़की की दुख-भरी कहानी सुनकर उससे ब्याह करने के लिए तैयार हो जाएंगे।"

बड़ा अच्छा भाषण था। उस समय मैं स्वयं इस भाषण से इतना प्रभावित हुआ कि मेरी आंखों में आंसू आ गए। मेरा भाषण सुनकर उस बुढ़िया के चेहरे पर भी रौनक आ गई और उसकी आंखों में आशा की किरणें झलकने लगीं। उसने जल्दी से अपने आंसू पोंछ डाले और पाशा-भरे स्वर में बोली, "बेटा, क्या तुम......तुम...मेरी बिटिया से शादी करोगे?"

"मैं?" मैं एकदम घबरा गया, "मेरी बात और है, मेरा मतलब है कि...मेरी शादी हो चुकी है!" मैंने साफ झूठ बोल दिया।

वह बुढ़िया मेरी तरफ इस तरह देखने लगी, जैसे अपने सामने किसी दूसरे हरामी बच्चे को देख रही हो। बहुत देर तक चपचाप देखती रही। फिर जब मैंने अपनी आंखें नीची कर लीं, तो उसने आह भरकर 'हे राम' कहा और अपने घुटनों पर हाथ रखकर उठी और मेरी तरफ देखे बगैर वहां से चुपचाप चली गई।

मैं पालने की तरफ पलट आया और एक ऐसी जगह छुपकर बैठ गया, जहां से मैं तो पालने को साफ देख सकता था, लेकिन कोई दूसरा मुझे नहीं देख सकता था। मुझे उस बुढ़िया के सवाल पर बड़ा गुस्सा आया था। ऊंह, गुनाह कोई करे, और सज़ा मैं भुगतूं? ऐश करे दूसरा, और कीमत चुकाऊं मैं? ऐसा अहमक मैं नहीं हूं! और फिर भई, यह कहां की तुक है कि जो कोई अच्छा सुझाव दे उसीके गले मढ़ दिया जाए वह सुझाव! मेरा कहने का मतलब तो केवल यह था कि भई इस देश में सैकड़ों ऐसे ऊंचे विचारों के युवक होंगे जो...जो...मेरा मतलब यह नहीं है कि मैं ऊंचे विचारों का नहीं हूं, मगर...भई, मैंने अपने मन में अपनी होनेवाली बीवी की जो तसवीर बना रखी है, वह इस लड़की से एकदम

भिन्न है और फिर यह बात भी है कि अभी मैं शादी नहीं करना चाहता। भला कोई ज़बरदस्ती है!

लेकिन मुझे उन औरतों पर बड़ा गुस्सा आ रहा था, जो मां बनकर अपनी ममता को भूल जाती हैं, जो अपने बच्चे को दगा दे जाती हैं और उसे बेआसरा करके यतीमखाने के पालने में छोड़ जाती हैं। मैंने सोचा, मैं आज दिन-भर इस पालने की चौकसी करूंगा, और अगर मैं दिन-भर में एक औरत को भी शर्म दिलाकर बच्चा वापस ले जाने के लिए मजबूर कर सका तो मेरा दिन व्यर्थ न जाएगा।

मुझे ज़्यादा देर तक इन्तज़ार नहीं करना पड़ा। कोई डेढ़ घण्टे बाद एक नौजवान लड़की आई और गरम कपड़ों में लिपटा हुआ एक पारसल-सा पालने में रखकर भागी। एकाएक पारसल रोने लगा और मैं उस लड़की के पीछे भागा। वह लड़की मुझे अपना पीछा करते देखकर ऐसी हड़बड़ाई कि एक साइकल-सवार से टकराते-टकराते बची। दो-चार गलियों में घूमती-घुमाती अन्त में वह पिछवाड़े की उस सड़क पर आई जो दरियागंज में शहर के पुराने परकोटे के किनारे-किनारे जाती है।

वह घड़ी-घड़ी मुड़-मुड़कर मेरी ओर देखती जाती और मैं उससे चालीस-पचास फुट का फासला रखकर इस तरह चल रहा था, जैसे मैं उसका पीछा करने के लिए नहीं बल्कि चहलकदमी के लिए उसके पीछे निकला हूं।

दरियागंज से बाहर निकलकर वह लड़की परकोट के बाहर दीवार के कोने से लगकर खड़ी हो गई। उसके सामने स्वर्गीय आसफअली का बुत था। पासवाले मैदान में घोड़ों की प्रदर्शनी हो रही थी। उस लड़की के बिलकुल निकट बाईं ओर एक गहरी खाई थी, जिसे म्युनिसिपैलिटीवाले खोदकर भूल गए थे कि किस मकसद के लिए

खोदी गई थी। दाईं ओर एक फिल्म का बहुत बड़ा इश्तहार था—'दिल अपना और प्रीत पराई।'

मैं बड़े इतमीनान से सिगरेट जलाकर आहिस्ता-आहिस्ता चलता हुआ उस लड़की के करीब पहुंच गया। वह मुंह फेरे खड़ी थी।

"हेलो!" मैंने धीरे से पूछा, "प्रीत पराई का नतीजा क्या निकला?"

एकाएक वह मेरी ओर घूमी और मुझे आग बरसाती हुई नज़रों से ताकते हुए बोली, "अगर तुमने मेरा पीछा किया तो मैं पुलिस में तुम्हारी रिपोर्ट कर दूंगी!"

"मैं भी यही चाहता हूं कि तुम मेरे साथ थाने चलो और मेरी शिकायत कर दो, और मैं उस लड़की की शिकायत कर दूं जो अभीअभी अपना बच्चा यतीमखाने के पालने में रख आई है।"

"यह सरासर झूठ है! इसका तुम्हारे पास क्या सबूत है?"

"सबूत तो डाक्टर देंगे!" मैंने उसे सिर से पांव तक देखते हुए कहा।

उसकी शोले बरसानेवाली नज़रें बुझ-सी गईं, जैसे बिजली का स्विच एकदम ऑफ हो जाए। उसके खूबसूरत चेहरे पर अंधेरा-सा छा गया। उसके नाज़ुक व पतले होंठ कांपने लगे और उसने धीरे से पूछा, "तुम... कितना रुपया चाहते हो?"

"तुम कितना दे सकती हो?" मैंने पूछा।

हमारे सामने से पुलिस का एक संतरी हमें घूरते हुए गुज़र गया। वह बेहद घबरा गई। बोली, "चलो, मोटर में चलकर बैठो, वहां बातें करेंगे।"

'तो तुम मोटर में आई हो!' मैंने दिल ही में कहा, और उसके साथ-साथ हो लिया। जब मैं छोटे-से पार्क को, जिसमें स्वर्गीय आसफअली का बुत था, उसके साथ-साथ पार कर रहा था, तब मुझे महसूस हुआ

कि वह ऊंचे पूरे कद की लड़की है, जिसकी कमर बड़ी दिलकशी से लचकती है, जिसके बालों से शिवन्ती के फूलों की महक आती है, जिसकी साड़ी का कपड़ा बेहद महंगा है, जिसकी कार का मॉडल सिर्फ दो साल पुराना है।

पार्क से गुज़रकर हम सड़क को भी पार कर गए और उसकी मोटर में घुसकर पिछली सीट पर जा बैठे। लड़की ने बैठते ही अपने कानों की बालियां उतारीं, फिर उसने अपने हाथ का जड़ाऊ कंगन उतारा और अपना पर्स खोलकर उसमें से पांच सौ रुपया निकाला। सब कुछ मेरे हाथ में देकर कहा, "यह लो, संभालो इनको और मेरी जान बख्शो!"

"यह तो बहुत कम है।" मैंने बुरा-सा मुंह बनाते हुए कहा।

"तो और तुम क्या लोगे?" मगरूर और बदमिज़ाज लड़की ने ज़रा तेज़ स्वर में प्रश्न किया।

"मैं चाहता हूं कि तुम अपने बच्चे को वापस ले जाओ!"

"नामुमकिन है!...मैं कुंआरी हूं।"

"कुंभारी तो नहीं हो, यूं कहो कि तुम ब्याहता नहीं हो!"

"अच्छा यूं ही सही...फिर?"

"फिर तुम उस लड़के से शादी क्यों नहीं कर लेतीं, जिससे तुम्हें इतना प्रेम रहा है? तुम खूबसूरत ही नहीं, बेहद हसीन हो। मेरी समझ में तो नहीं आता कि वह क्यों तुमसे शादी नहीं करेगा!"

"वह तो शादी करना चाहता है, मगर मैं नहीं करना चाहती।" वह निर्णयात्मक स्वर में बोली।

"शायद इस घटना के बाद तुम्हें उससे घृणा हो गई है?" मैंने पूछा।

"नहीं, मुझे तो उससे गहरी मुहब्बत है!" वह बोली।

"तुम्हें उससे मुहब्बत है?" मैं हैरान होकर चिल्लाया, "वह तुमसे शादी भी करना चाहता है, फिर तुम क्यों नहीं करती?"

"क्योंकि वह गरीब है, मेरा खर्च बरदाश्त नहीं कर सकता।"

"तो तुम अपना खर्च कम कर दो।"

"यह नामुमकिन है," वह लड़की फिर दो टूक लहजे में बोली, "मेरी सब सहेलियों ने बड़े-बड़े लोगों से शादियां की हैं, मैं भी ऐसा ही करूंगी। आखिर मैं नई दिल्ली में एक बहुत बड़ी नौकरी करती हूं, मैं एक गरीब आदमी से शादी कैसे कर सकती हूं!"

"आई सी!" मैंने सोचते हुए कहा, "अच्छा, तो तुम ऐसा करो कि यह बच्चा, जो तुम दोनों की खूबसूरत मुहब्बत का फल है, इसके बाप को दे दो। मेरा यकीन है कि वह इसे तुम्हारे प्यार की आखिरी निशानी समझकर नहीं लौटाएगा।"

"मैं उसे यह बच्चा नहीं दे सकती।"

"क्यों?"

"क्योंकि यह उसका बच्चा नहीं है, जिससे मुझे मुहब्बत है।"

"जिससे तुम्हें मुहब्बत है, यह उसका बच्चा नहीं है?" मैंने आश्चर्य से पूछा, "तो फिर यह किसका बच्चा है?"

"यह मेरे एक मित्र का बच्चा है।"

"तो यह बच्चा तुम्हारा नहीं है?"

"बच्चा तो मेरा है, लेकिन उससे नहीं है, जिससे मुझे प्रेम है। इस बच्चे का बाप दरअसल एक बिज़नेसमैन है जो मेरा मित्र है।"

"तो तुम उस बिज़नेसमैन से शादी क्यों नहीं कर लेतीं? वह तुम्हारा खर्च यकीनन बरदाश्त कर लेगा, और इस गरीब बच्चे को इसका बाप भी मिल जाएगा।"

"नहीं, मैं उस बिज़नेसमैन से शादी नहीं कर सकती," वह बड़े धैर्य व शान्ति से बोली, "वह मुझे पसन्द नहीं है।"

"जो तुम्हें पसन्द है उसका यह बच्चा नहीं है, और जिसका यह बच्चा

है वह तुम्हें पसन्द नहीं है, तो फिर तुम शादी करागी तो किससे करोगी? तुम्हारी प्रॉबलम तो गम्भीर है।"

"खूबसूरत लड़कियों की प्रॉबलम बहुत जल्द हल हो जाती है, मिस्टर!" वह हंसने लगी और उसके खुशनुमा दांत कुछ क्षण तक उसके गुलाब की नाज़क पंखुड़ियों जैसे लबों में चमक-चमक गए...वह निश्चय ही खूबसूरत थी, मगर उसकी खूबसूरती नर्म, गर्म और मुलायम चीज़ों की याद न दिलाती थी। उसकी खूबसूरती को देखकर सख्त और चमकीली चीज़ों का ख्याल आता था, जैसे बिल्लौर, सोना, मोती, हीरा—खूबसूरत, लेकिन सख्त।

उसने मेरा बाज़ू थपककर कहा, "घबराओ नहीं, मिस्टर! मेरी चिन्ता न करो, मुझे ज़रूर मेरे मतलब का शौहर मिल जाएगा—ऐसा, जो मेरे गरीब प्रेमी की तरह खूबसूरत और मेरे मित्र बिज़नेसमैन की तरह मालदार हो तथा मेरी पसन्द का भी हो।" उसने गाड़ी का दरवाज़ा खोलते हुए कहा, "अब तुम अपना माल संभालो और गाड़ी से नीचे उतर जाओ, जल्दी करो।"

मैं जमकर सीट पर बैठ गया, "यह बात है! तुम इस गाड़ी से नीचे उतर जाओ!"

"मैं क्यों उतरू?" वह हैरान होकर बोली।

"इसलिए कि अगर तुम अपनी पसन्द की खातिर अपने बच्चे को कुरबान कर सकती हो तो इसी पसन्द के लिए तुम्हें इस गाड़ी से भी हाथ धोने पड़ेंगे, क्योंकि यह गाड़ी मुझे पसन्द है। यह गाड़ी मेरे नाम लिख दो, वरना चलो थाने!"

"ए मिस्टर!" वह लड़की एकदम चीखकर बोली। उसने ज़ोर से मेरी कलाई पकड़ ली और अपने लम्बे-लम्बे नाखून उसमें गड़ा दिए, "मिस्टर, मैं तुम्हें सब कुछ दे सकती हूं मगर यह गाड़ी नहीं दे सकती। इस गाड़ी के लिए तो मैंने यह बच्चा पैदा किया है। मेरी सब सहेलियों के पास गाड़ियां

हैं, सभी अपनी-अपनी गाड़ियों पर इठलाकर चढ़ती थीं और बात-बात में गाड़ी का रोब जताती थीं, हालांकि मुझे अच्छी तरह मालूम था कि उनमें से दो ने इसी तरह गाड़ियां प्राप्त की थी, जिस तरह मैंने की है... सो हाऊ कुड आई टौलरेट इट?[1] मैंने भी इस बिजनेसमैन से दोस्ती कर ली, जो दो साल से मेरे पीछे पड़ा हुआ था। इस गाड़ी के लिए तो मैंने यह बच्चा पैदा किया है, और तुम चाहते हो कि मैं यह गाड़ी तुम्हें दे दूं? आर यू नट्स?[2]"

वह लड़की वाकई मुझसे बेहद खफा थी। उसका सफेद उज्ज्वल चेहरा एकदम सुर्ख हो गया था। वह मेरी तरफ इतनी तीव्र घृणा से देख रही थी, जैसे मैंने उससे उसकी कार न मांगी हो, बल्कि उसकी पवित्रता भंग करने की इच्छा प्रकट की हो। वह बार-बार अपना निचला होंठ चबा रही थी...मैं चुपचाप बैठा रहा।

थोड़ी देर बाद जब उसका गुस्सा ठण्डा हुआ तो उसने अपने नाखून मेरी ज़ख्मी कलाई से बाहर निकाल लिए, पलकें गालों पर गिरा लीं और बड़ी कमज़ोर आवाज़ में बोली, "यह गाड़ी तो मैं तुम्हें नहीं दे सकती, और जो तुम चाहो..."

मैंने झुंझलाकर कहा, "अब मैं केवल यह चाहता हूं कि कोई ऐसी तरकीब हो जाए, जिससे तुम्हारी जैसी मांएं बच्चे नहीं, बेबी पौस्टिन जना करें, रेडियो जना करें, रेफ्रिजिरेटर जना करें! अगर ऐसा संभव हो तो इस दुनिया में हरामी बच्चों की समस्या एक सीमा तक हल हो जाए।" यह कहकर मैं नीचे उतरा और उसकी गाड़ी का दरवाज़ा ज़ोर से बन्द कर दिया। फिर जल्दी-जल्दी अपने पालनेवाले अड्डे की तरफ चला आया।

---

1. इसलिए मैं इसे कैसे सहन कर सकती थी? 2. क्या तुम पागल हो?

शाम तक कोई न आया। पालना खाली ही रहा। रात का अंधेरा बढ़ता गया और दिल का सन्नाटा गहरा होता गया। गली के काले और फटे हुए होंठों में बिजली के दो-चार मैले-पीले बल्ब मुस्कराने की असफल चेष्टा करते रहे।

नौ बजे के करीब जब मुझे ज़ोर की भूख लगी, तब मैंने वापस घर की ओर चलने की ठानी। इतने में मैंने देखा कि एक मैले-कूचैले लबादे में लिपटी हुई एक मरियल-सी औरत उस पालने के सामने आकर रुकी। देर तक रुकी रही। फिर उसने झुककर अपने लबादे में से कुछ निकाला और उस पालने में रख दिया। वह देर तक वहां खड़ी रही, फिर धीरे-धीरे वापस होने लगी, सर झुकाए हुए। मैं उसका पीछा करनेवाला ही था कि उस अंधेरी छाया में वह औरत पलटती हुई दिखाई दी। वापस आकर बच्चे को उठाया और गले से लगाया, फिर वापस चल दी। गली के मोड़ पर पहुंचकर वह फिर पलटी, जल्दी से आकर उसने बच्चे को फिर पालने में रख दिया और तेज़ कदमों से गली से बाहर भाग गई।

सिंह ब्रदर्स के मोटर मरम्मत करनेवाले गैरेज के पीछे से जो रास्ता लालकिले के परकोटे को जाता है, उधर जाते-जाते मैंने पीछे से झुककर चलनेवाली औरत का लबादा खींच लिया। मेरे आश्चर्य की कोई सीमा न रही, जब मैंने देखा कि मैं जिसे औरत समझ रहा था वह अधेड़ उम्र का मर्द है। उसके चेहरे पर कई दिन की बढ़ी हुई दाढ़ी थी और उसकी आंखें रो-रोकर सूजी हुई थीं।

मैंने उससे कठोर स्वर में पूछा, "तुम किसका बच्चा उस पालने में छोड़ आए हो?"

कुछ क्षण तक वह मेरी ओर फटी-फटी आंखों से देखता रहा और गिड़गिड़ाकर कहने लगा, "मुझे माफ कर दो हवलदारजी!"

उसने शायद मुझे सी० आई० डी० का कोई अफसर समझा होगा, तभी इस तरह गिड़गिड़ाकर माफी मांग रहा था। मैंने भी उसकी गलतफहमी को दूर करना मुनासिब नहीं समझा। फिर सख्ती से पूछा, "किसका बच्चा है वह, फौरन बताओ!"

"मेरा बच्चा है।"

"क्या हराम का बच्चा है?"

"नहीं माई-बाप, मेरी बीवी का बच्चा है।"

"तेरी बीवी का बच्चा है तो फिर तू उसे पालने में क्यों छोड़ आया है? तेरी बीवी कैसी मां है! उसने तुझे इस बात की इजाज़त कैसे दे दी?"

"मेरी बीवी मर चुकी है, हुज़ूर। दस दिन हुए वह एक महीने का बच्चा छोड़ कर मर गई। घर में जो कुछ था वह उसके अन्तिम संस्कार में लग गया। छः महीने से मैं बेकार हूं, कहीं कोई काम नहीं मिलता। घर में पांच बच्चे हैं। यह छठा, एक महीने की नन्ही-सी जान, कल रात से भूख से बिलख रहा था। तीन दिन से घर में फाका है, मगर किसी न किसी तरह हम इसके लिए दूध लाते रहे थे। लेकिन कल रात से इसके लिए दो घूंट दूध भी नहीं मिल सका। यह कैसी दुनिया है मालिक! यहां नन्हे बच्चे के लिए दूध भी नहीं है। तीन दिन से मेरे सब बच्चे मेरे साथ फाके कर रहे हैं। वे मर जाएंगे, मैं जानता हूं वे मर जाएंगे, मैं भी मर जाऊंगा। मैंने सोचा, वहां वे लोग इसकी परवरिश तो कर सकेंगे, इसलिए एक माह की उस नन्ही-सी जान को पालने में डाल आया हूं।"

"तुम्हें मालूम है वह वहां कैसे रहेगा? मां-बाप होते हुए भी सारी ज़िन्दगी बिना मां-बाप का कहलाएगा।"

"मगर ज़िन्दा तो रहेगा हवलदारजी, ज़िन्दा तो रहेगा!"

उस बुड्ढे ने डबडबाई आंखों से मेरी ओर देखा और सिर झुका लिया।

आधी रात!

पालना खाली है—इन्सान के दिल की तरह, इन्सान की भूख की तरह। मैं बहुत थक गया हूं, और जो कुछ मैंने आज देखा है, उसे देखकर घर भी नहीं जाना चाहता। मैं इसी पालने में गिरकर सो जाना चाहता हूं।

मगर यह पालना बहुत छोटा है और हमारे पाप बहुत बड़े हैं!

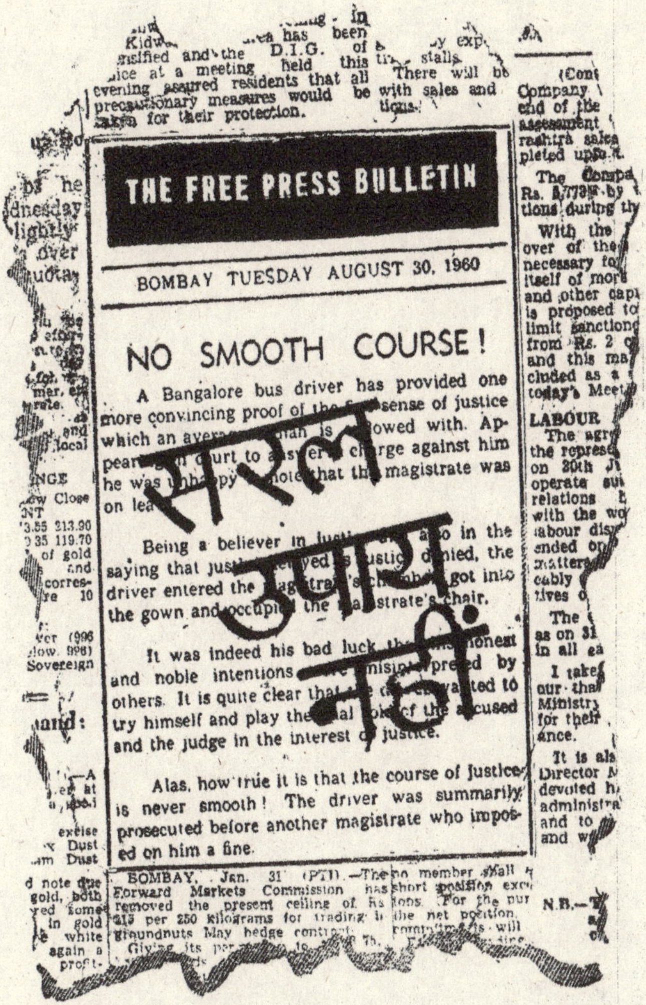

THE FREE PRESS BULLETIN

BOMBAY TUESDAY AUGUST 30, 1960

NO SMOOTH COURSE!

A Bangalore bus driver has provided one more convincing proof of the f... sense of justice which an avera... ...dian is ...owed with. Appearing in court to answer a charge against him he was unhappy to note that the magistrate was on lea...

Being a believer in justice and also in the saying that justice delayed is justice denied, the driver entered the magistrate's chamber, got into the gown and occupied the magistrate's chair.

It was indeed his bad luck that his honest and noble intentions were misinterpreted by others. It is quite clear that he only wanted to try himself and play the dual role of the accused and the judge in the interest of justice.

Alas, how true it is that the course of justice is never smooth! The driver was summarily prosecuted before another magistrate who imposed on him a fine.

टैक्सी-ड्राइवर

अदालत नं० 4 का कमरा अभियुक्तों, वकीलों, मुद्दइयों, गवाहों और तमाशबीनों से भर गया था। साढ़े ग्यारह बज चुके थे और अदालत की कुरसी अभी खाली थी।

इस अदालत के सामने विक्रम टैक्सी-ड्राइवर की आज ग्यारहवीं बार पेशी थी। पिछले चार महीनों में वह ग्यारह बार इस अदालत के सामने पेश किया गया था और हर बार पेशी अगली तारीख पर टल जाती थी और उसके केस की बारी नहीं आती थी। पिछले चार महीनों में वह ग्यारह बार सुबह से शाम तक अदालत में खड़ा रहा था और पिछले चार महानों में वह ग्यारह दिन टैक्सी नहीं चला सका था। और जब टैक्सी नहीं चलती है तो घर का खर्च नहीं चल सकता है, और बच्चों का स्कूल नहीं चलता है, और बनिये की बही नहीं चलती है—सिर्फ बीवी की ज़बान चलती है।

कोई बड़ा मुकद्दमा भी नहीं था उसका। उसने शहर के सबसे बड़े आदमी की कार को बड़ी तेज़ रफ्तार से जा लिया था और अपनी टैक्सी आगे बढ़ा ली थी और हज़ार कोशिश करने के बाद भी उसने बड़े आदमी की कार को अपने से आगे न बढ़ने दिया। हालांकि बड़े आदमी की गाड़ी उसके पेट की तरह बड़ी थी और उसकी हिर्स की तरह लम्बी थी और उसका रंग एक छिनाल औरत के मेक-अप की तरह भड़कीला था, तो भी विक्रम की टैक्सी ने उसे मात दे दी था। इसमें विक्रम की टैक्सी से ज़्यादा विक्रम की निपुणता का हाथ था। मशीन तो इंसान के हाथों में चलती है, बड़े-बड़े आदमी कभी-कभी

यह भूल जाते हैं। शहर का सबसे बड़ा आदमी भी एक मामूली टैक्सी-ड्राइवर की जुर्रत पर बेहद खफा हो गया था और अगले चौक पर रुककर उसने ट्रैफिक-इन्सपैक्टर से एक कम-हैसियत टैक्सी-ड्राइवर की ढिठाई के खिलाफ शिकायत कर दी थी।

विक्रम को इस अदालत से ज़्यादा से ज़्यादा दस रुपये जुर्माना होता। मगर वह बड़ा आदमी बड़ा व्यस्त आदमी भी था, किसी तरह पेशी पर हाज़िर न होता था और विक्रम को अदालत में हाज़िर होते आज ग्यारह दिन हो गए थे।

उसने घबराकर अपने वकील से पूछा, "क्या जज साहब आज नहीं आएंगे?"

"क्या मालूम!" उसके वकील ने बडी कटुता से उसे जवाब दिया, क्योंकि विक्रम ने अपने वकील को हर पेशी पर तीन रुपये देने का वादा किया था और अपनी समझ में उसने बड़ा सस्ता सौदा किया था। विक्रम का ख्याल था कि पहली दो-एक पेशियों में फैसला हो जाएगा। उसे क्या मालूम था कि मामला इस कदर लम्बा खिंचेगा कि उसे तीन के बजाय तेतीस रुपये देने पड़ जाएंगे। और वकील इसलिए कटुता से जवाब दे रहा था कि...कि...भला आखिर तीन रुपयेवाले केस को और किस तरह जवाब दिया जा सकता है? अब अगर बीस-पचीस का मामला होता तो वकील भी मुस्कराता। हर वकील की मुस्कराहट तंग-से होंठों में भिंची रहती है और उस मुस्कराहट को खोलने और बाहर लाने के लिए अलग-अलग मीटर हैं। किसी वकील की मुस्कराहट पांच रुपये पर खुलती है तो किसीकी पचास रुपये पर, किसीकी सौ रुपये पर तो किसीकी एक हज़ार रुपये पर। वकील के मीटर और टैक्सी के मीटर में कोई फर्क नहीं है। विक्रम ने बड़ी बेज़ारी से सोचा, अब मैं इस ज़ालिम को तेतीस दे चुका हूं। मगर यह कभी सीधे मुंह से मुझसे बात

नहीं करता, क्योंकि मैं तीन रुपयेवाला आसामी हूं। अब मैं इससे क्या कहूं! जुर्माना तो मुझे दस रुपये से ज़्यादा न होगा, लेकिन वकील को तेतीस रुपये दे चुका हूं।

"पेशकार से मालूम कीजिए कि अदालत आज आएगी कि नहीं आएगी। मेरा टैक्सी का नुकसान होता है।" विक्रम ने बड़े दीन भाव से अपने वकील से कहा।

वकील ने घड़ी देखकर कहा, "ओह, पौने बारह हो गए। मेरा एक मुकदमा अदालत नं० 2 में है। मैं वहां जाता हूं। तुम यहीं कोर्ट के अन्दर बैठे रहो, या खड़े रहो, मगर रहो इसी कोर्ट के अन्दर। अगर तुम्हारा बुलावा आए फौरन कोर्ट नं० 2 से बुला लेना।"

वकील अपना फटा कालर सहलाता हुआ, अपनी बोरियों की तरह लटकी हुई पतलून को झुलाता हुआ कोर्ट नं० 2 की तरफ चला गया। अरसा हुआ उसने एक बड़े एडवोकेट की बदसूरत लड़की से यह सोचकर शादी की थी कि उसका ससुर अपने दामाद को एडवोकेट बना देगा। मगर शादी के छः महीने बाद ही वह बड़ा एडवोकेट चल बसा। फिर अगले दस सालों में उसके सात बच्चे हो गए। फिर उसके कोट का कालर फट गया।

'तीन रुपये में तुम क्या कर सकते हो! अगर ज़िन्दगी में कड़वाहट ही कड़वाहट रह जाए तो ज़बान पर मिठास कहां से आए?' वकील ने कोर्ट नं० 2 की तरफ जाते-जाते सोचा।

विक्रम ने पहले तो कोर्ट-रीडर से अदालत के बारे में पूछने की कोशिश की। लेकिन जब कोर्ट-रीडर ने उसे झिड़क दिया तो वह सहमकर परे हो गया। देर तक अपनी छिदरी लेकिन खूबसूरत और मुलायम दाढ़ी सहलाता रहा। उसकी दाढ़ी बड़ी खूबसूरत और छोटी-सी थी। उसकी आंखें बड़ी-बड़ी थीं। उसके खानदान के सभी मर्दों की आंखें खूबसूरत

थीं, और छोटी-छोटी, खूबसूरत-सी दाढ़ियां थीं और वे सब लोग अपने सिर पर बड़ी-बड़ी जटाएं रखते थे—रेशम के लच्छों की तरह मुलायम जटाएं। बालों के ये घने गुच्छे उनके धर्म और उनकी सभ्यता के पुराने गौरव के दावेदार थे। विक्रम के खानदान में बड़े-बड़े आलिम-फ़ाज़िल और पंडित हो गुज़रे थे, मगर ज़माने की गर्दिश ने विक्रम को टैक्सी चलाने पर मजबूर कर दिया था।

विक्रम ने चारों तरफ बड़ी बेबसी से देखा। एकाएक उसे कोर्टरूम के बायें कोने में आखिरी सिरे पर एक दरवाज़े के करीब जज साहब का अर्दली नज़र आया। यह अर्दली खास अदालत बहादुर का था। जब जज साहब अपने प्राइवेट रूम से निकलकर बाहर अदालत के कमरे में जाते थे तो यह अर्दली दो कदम पहले आगे बढ़कर पुकारता था, मानो एक तरह से भरी हुई अदालत को जज साहब के आगमन की सूचना देता था। फिर जज साहब काला चश्मा, काला गाउन और दो फुंदनोंवाला सफेद कालर पहने हुए अंदर तशरीफ लाते और सारी अदालत उनके सम्मान के लिए खड़ी हो जाती, और उस वक्त तक खड़ी रहती जब तक जज साहब अदालत की ऊंची कुरसी पर न बैठ जाते।

विक्रम सबसे नज़र बचाकर जज साहब के प्राइवेट कमरे के दरवाज़े पर खड़े हुए अर्दली से बातें करने लगा।

"अदालत बहादुर कब आएगी?"

अर्दली बोला, "वे तो ठीक ग्यारह बजे आते हैं। जाने क्या बात हो गई आज! मुमकिन है तबीयत खराब हो।"

"तबीयत खराब होगी तो फिर अदालत नहीं लगेगी?"

"हां।"

"कोई दूसरा जज नहीं आएगा?"

"कभी-कभी आता है, जब पहला जज लम्बी छुट्टी ले लेता है। मगर

आज क्या होगा किसे मालूम है! शायद थोड़ी देर में जज साहब का टेलीफोन आएगा।"

अभी अर्दली के मुंह से यह बात निकली भी न थी कि टेलीफोन आ गया और अर्दली टेलीफोन सुनने के लिए जज साहब के प्राइवेट कमरे में घुस गया। विक्रम भी उसके पीछे-पीछे चला गया।

अर्दली टेलीफोन सुनने लगा। विक्रम कमरे के अन्दर खड़ा होकर इधर-उधर देखने लगा। साफ-सुथरा कमरा था। एक तरफ जज साहब के खाने की मेज़ थी, एक तरफ आराम करने के लिए कौच था। कुछ तिपाइयां और कुरसियां थीं। लोहे की एक बड़ी आलमारी थी। सामने दीवार पर तीन खूंटियां थीं। एक खूंटी पर अदालत का गाउन टंगा था। काला चश्मा और कालर एक तिपाई पर रखा था। एक तरफ जज साहब की मदरासी पगड़ी थी, जिसे पहनकर वे अदालत के अन्दर तशरीफ लाया करते थे।

अर्दली टेलाफोन सुनकर विक्रम की तरफ मुड़ा। बोला, "जज साहब नहीं आएंगे। उन्हें ज़ुकाम हो गया है।" फिर फौरन ही तेवर बदलकर बोला, "मगर तुम अन्दर क्यों चले आए? तुम्हें मालूम नहीं है कि इस कमरे के अन्दर कोई नहीं आ सकता? बाहर निकलो!"

अर्दली गुस्से से विक्रम की तरफ बढ़ा। विक्रम ने फौरन अपना मज़बूत हाथ उसके मुंह पर रख दिया।

अदालत नं. 4 का कमरा तमाशाइयों और बाहर के वकीलों से भरता जा रहा था, क्योंकि आज जज की कुरसी पर एक नया जज बैठा था, जिसे आज से पहले किसीने न देखा था। और तमाशाइयों से ज़्यादा वकील लोग यह देखने को उत्सुक थे कि नया जज किस तरह के फैसले करता है और उसकी कानून की जानकारी का क्या

हिसाब-किताब है।

इस वक्त मुकद्दमे का मुद्दई लालाचन्द्रन था। बालाचन्द्रन ने अपने घर का एक कमरा एक बुड्ढी औरत और उसके बेटे को किराये पर दे रखा था। बुड्ढी और उसका बेटा दस साल से उस कमरे में रहते चले आए थे और बड़ी बाकायदगी से किराया अदा करते चले आए थे। फिर बुड्ढी का जवान बेटा अपनी मिल में एक दुर्घटना का शिकार होकर मर गया और बुड्ढी छः महीने से किराया न दे सकी थी और बालाचन्द्रन बुड्ढी को कमरे से निकालने के लिए अदालत का हुक्मनामा चाहता था।

जज ने बालाचन्द्रन से पूछा, "तुम्हारे घर में कितने कमरे हैं?"

"दस कमरे हैं।" बालाचंद्रन ने जवाब दिया।

"और तुम्हारे खानदान में कितने आदमी हैं?"

"मैं अकेला हूं।"

"और तुम्हारी उम्र कितनी है?"

"सत्तर बरस की उमर है, हुज़ूर।"

"तो सत्तर बरस के बुड्ढे को दस कमरे किस लिए चाहिए?" जज ने पूछा :

"क्या तुम इन दस कमरों में से एक कमरा इस बुड्ढी औरत को नहीं दे सकते, जिसका जवान बेटा छः महीने हुए कारखाने में मारा गया?"

बालाचन्द्रन का वकील बोला, "हुज़ूर, सेक्शन नं० फलां-फलां की मश्क फलां-फलां की दफा फलां-फलां की रू से कानून कहता है..."

"और इन्साफ क्या कहता है?" नया जज गुर्राकर बोला।

और बालाचन्द्रन का वकील वहीं खड़े-खड़े सहम गया।

फिर नये जज ने मुस्कराकर बालाचन्द्रन की तरफ देखा, जो सत्तर

बरस का दुबला-पतला, कमज़ोर आदमी था, जिसके चेहरे पर सत्तर बरस की कंजूसी से पैदा होनेवाले अभावों के दाग थे। वह अपने होंठ सुकेड़े, माथे पर हज़ार शिकनें लिए, चुपचाप सबके सामने खड़ा था।

नये जज ने मुस्कराकर बालाचन्द्रन की तरफ देखा और कहा, "तुम्हारे घर में कितने नौकर हैं?"

"एक भी नहीं।" बालाचन्द्रन ने जवाब दिया।

"क्या तुम अकेले नहीं महसूस करते?"

वकील को बड़ी हैरत हुई। वह जज से विरोध करना चाहता था। यह जज किस किस्म के सवाल पूछ रहा है? इन सवालों का मुकद्दमे से क्या ताल्लुक है? मगर उसे कुछ कहने की हिम्मत न हुई।

"कभी-कभी अकेला महसूस करता हूं।"

"क्या तुम यह महसूस नहीं करते कि कोई तुम्हारा कमरा झाड़ दे, तुम्हारे कपड़े वक्त से निकाल दे, तुम्हारे लिए नहाने का पानी रख दे, तुम्हारे लिए नाश्ता तैयार करके ले आए और रात को जब तुम सो जाओ तो कोई आहिस्ता से तुम्हारे पांव दबा दे?"

"महसूस करता हूं, हुज़ूर।"

"और अगर कोई इन तमाम सेवाओं के बदले तुमसे तुम्हारे दस कमरों के बड़े मकान में सिर्फ एक कमरा रहने के लिए चाहे और कोई तुमसे एक पैसा न मांगे—सिर्फ एक कमरा और दो वक्त खाना—तो क्या तुम इन्कार कर दोगे?"

बालाचन्द्रन ने निराश होकर कहा, "मगर हुज़ूर, ऐसा आदमी इस दुनिया में आजकल कहां मिलेगा? इसीलिए तो मैं नौकर नहीं रखता।"

बुड्ढी औरत का चेहरा खिल उठा, दोनों हाथ फैलाकर जज को दुआएं देने लगी। फिर उसने बालाचन्द्रन से डांटकर कहा, "अब घर चल, तेरे

खाने का वक्त हो गया है।"

बुड्ढी औरत ने बुड्ढे को हाथ से पकड़ लिया और सारी अदालत खिलखिलाकर हंस पड़ी। बालाचंद्रन के वकील ने बहुत समझाया, "बालाचन्द्रन, तुम घबराओ नहीं, मैं इस फैसले के खिलाफ अपील दायर करूंगा।..."

बालाचन्द्रन ने कहा, "तुम ऐसा कुछ नहीं करोगे। मुझे यह फैसला मंज़ूर है।" फिर वह बुड्ढी की तरफ देखकर मुस्कराया, जैसे सूखी-सड़ी धरती के सीने से निर्मल जल की धारा फूट पड़ी हो।

अदालत के कठघरे में एक खूबसूरत एंग्लो-इंडियन लड़की खड़ी थी। वह इस तरह खड़ी थी, जैसे अदालत के कठघरे में किसीने एक खूबसूरत फूलों से भरा गुलदान रख दिया हो। उसके पीले फ्राक पर ऊदे-ऊदे फूल वकीलों की नज़रों में मुस्कराने लगे।

जज ने पूछा, "तो तुम अपने शौहर से तलाक चाहती हो?"

"जी हां!"

"क्या तुम्हारा शौहर बेकार है?"

"जी नहीं, वह तो रेलवे में इंजन-ड्राइवर है।"

एंग्लो-इंडियन इंजन-ड्राइवर भी करीब ही खड़ा था और बार-बार रूमाल से अपना गोरा चेहरा पोंछता जाता था। आज उसकी भरपूर बेइज़्ज़ती का दिन था। आज अगर यह अदालत का कमरा किसी रेलगाड़ी का डिब्बा होता तो वह पूरी रेलगाड़ी को किसी खड्डे में फेंक देता।

"तो तुम इससे तलाक क्यों चाहती हो?"

"मेरे शौहर के मुंह से बू आती है।"

"क्यों आती है?"

"इसे हर रोज़ रात के खाने के साथ भुनी हुई लहसुन खाने का बहुत शौक है।"

"तो तुम इसे रात को टूथ-ब्रश इस्तेमाल करने पर मजबूर क्यों नहीं करती हो?"

"मैं तो कहती हूं इसे, पर यह मानता नहीं है।"

"अगर तुम सोने से पहले एक टूथ-ब्रश पर टूथ-पेस्ट लगाकर इसके मुंह में दे दिया करो, तो क्या यह दांत साफ करने पर मजबूर नहीं हो जाएगा?"

लड़की चुप हो गई। फिर बोली, "और हुज़ूर, यह आदमी रोज़ रात को जूतों-समेत मेरे बिस्तर में घुस आता है।"

"तो फिर तुम भी जूतों-समेत सो जाया करो!" जज ने कहा, "बड़ी आसान तरकीब है, दो दिन में इसकी आदत दूर हो जाएगी।"

"मगर," एंग्लो-इण्डियन लड़की का वकील बोला, "ताज़ीरातहिन्द की सेक्शन नं० फलां-फलां की दफा फलां-फलां के मुताबिक अगर शौहर बीवी..."

"तुम चुप रहो!" जज ने वकील को डांटते हुए कहा, "शौहर-बीवी के मामले में तुम बोलनेवाले कौन होते हो?"

फिर जज ने टाइपिस्ट को अपना फैसला लिखवाते हुए कहा, "लिखो, अगर शौहर जूते पहनकर बिस्तर में घुसने की कोशिश करे तो बीवी को भी चप्पल पहनकर सोने का पूरा-पूरा हक है। केस डिसमिस!"

अब कठघरे में 'चारी टेक्सटाइल' मिल का मालिक कृष्णमाचारी खड़ा था। वह बेहद लम्बा और दुबला था। उसके कानों में सफेद हीरे जगमगा रहे थे और वह अपनी सफेद रेशम की कमीज़ और धोती में

बिलकुल देवता मालूम होता था—एक ऐसा देवता जो अभी-अभी मन्दिर से उठकर अदालत में चला आया हो। उसके हाथों की उंगलियां, जो उसने कठघरे पर रखी हुई थीं, बड़ी लम्बी, नाज़ुक नरम और गुदाज़ दिखाई देती थीं। वह ऐसे आदमी की उंगलियां दिखाई देती थीं जिसने ज़िन्दगी-भर नोट गिनने के सिवाय और कोई काम न किया हो। वह अदालत के कठघरे में बिलकुल आराम और सुकून से खड़ा था।

जज ने कहा, "तो तुम इकबाल करते हो कि तुम्हारी मिल में काम करनेवाले मज़दूर रेड्डी का हाथ मिल की एक मशीन से कट गया?"

"जी हां।"

"और इस इकबाल के बाद भी तुम रेड्डी को हरजाना देने से इन्कार करते हो?"

"जी।"

"क्यों?"

"क्योंकि रेड्डी का हाथ उसकी गफलत से कटा है, उसकी अपनी गफलत से। मेरी मिल की मशीन खराब नहीं है।"

"मेरी मिल? ...वह तुम्हारी मिल कैसे हुई?"

"हुज़ूर, मैं उसका मालिक हूं।"

"तुम इस मिल के मालिक कैसे हुए?"

"हुज़ूर, मैंने उसमें रुपया लगाया है—सत्तर लाख रुपया अब तक लगा चुका हूं।"

"और कितना कमा चुके हो?"

"तीन करोड़ चवालीस लाख।"

"अगर इस मिल में एक मज़दूर भी काम न करता तो तुम्हारा मुनाफा कितना होता?"

"यह कैसे हो सकता है, हुज़ूर? अगर मिल में मज़दूर काम नहीं करेंगे

तो मुनाफा कहां से आएगा?"

"तो तुम इकबाल करते हो कि तुम्हारा सत्तर लाख रुपया बज़ाते-खुद कोई चीज़ नहीं है, जब तक इंसान के हाथ उसको न चलाएं।"

कृष्णमाचारी ने झिझकते हुए कहा, "यह तो दुरुस्त है, हुज़ूर।"

"तो जो हाथ मुनाफा देते हैं उन्हें मुनाफे का हकदार क्यों न समझा जाए? उनके हाथ अगर किसीकी भी गफलत से, तुम्हारी या उनकी गफलत से, कट जाएं तो उन हाथों के मालिकों को ज़िन्दगीभर के लिए पेंशन क्यों न दी जाए?"

"मगर यह तो सोशलिज़्म है!"

"हमारी सरकार सोशलिज़्म को तस्लीम कर चुकी है।"

वकील चिल्लाया, "मगर सेक्शन फलां-फलां की मश्क फलां-फलां की दफा फलां-फलां के मुताबिक मिल-मालिक की सही तारीफ..."

"किसी शरीफ आदमी की तारीफ करो, वकील साहब!" जज ने गुर्राकर कृष्णमाचारी के वकील से कहा, फिर मुड़कर टाइपिस्ट से बोला, "लिखो फैसला! कृष्णमाचारी ने 'चारी मिल्स' में सत्तर लाख रुपया लगाया और तीन करोड़ चवालीस लाख वसूल किया। लिहाज़ा वह अपना रुपया मय सूद के वापस ले चुका है। लिहाज़ा आज से यह मिल उसकी नहीं है, बल्कि उन लोगों की है जिन्होंने आज तक अपने हाथों की मेहनत की पूंजी इस में लगाई है और आज तक लगाते आ रहे हैं। इसके अलावा कृष्णमाचारी चूंकि खुद अपने हाथों की मेहनत इस मिल में नहीं लगाता है और इसपर मिल के मुनाफे का मुकम्मल दावेदार बनता है, लिहाज़ा यह अदालत फैसला करती है कि मिल के मुनाफे में से रेड्डी के लिए उम्र-भर की पेंशन जारी की जाए और कृष्णमाचारी के दोनों हाथ काट लिए जाएं क्योंकि वे हाथ कोई काम नहीं करते हैं, और हमारे मुल्क को सिर्फ काम करनेवाले हाथों की ज़रूरत है!"

"क्या बकवास है!" कृष्णमाचारी ज़ोर से चिल्लाया। "यह जज है या कोई पागल आदमी है!" बहुत-से वकील गुस्से से बोल पड़े।

नया जज कुछ कहने ही वाला था कि एक फटीचर वकील अपने फटे कालर को सहलाता हुआ, भागता, कोर्ट-रूम में दाखिल हुआ और कहने लगा, "इसे पकड़ लो! इसे पकड़ लो! यह जज नहीं है! यह तो मेरा मुवक्किल है, विक्रम टैक्सीवाला! ...यह जज की कुर्सी पर क्यों बैठा है?"...

कोर्ट नं० 2 में जब विक्रम टैक्सीवाले को पेश किया गया तो अदालत ने उससे पूछा, "तुम्हारा नाम?"

"विक्रमादित्य!"

"उम्र?"

"दो हज़ार बरस!"

"क्या काम करते हो?"

"टैक्सी चलाता हूं।"

"तुमने आनरेबल अदालत की गैरहाज़िरी में अदालत की कुर्सी पर बैठकर अदालत की मानहानि क्यों की?" अदालत नं० 2 ने पूछा।

सब लोग हैरत से विक्रम टैक्सीवाले की तरफ देखने लगे। देर तक विक्रम टैक्सीवाले का सिर झुका रहा। फिर उसने आहिस्ते से सिर उठाया और बोला, "हुज़ूर, ज़िन्दगी टैक्सी की रफ्तार से भागती है, लेकिन कानून अभी तक छकड़े की रफ्तार से चलता है। मैं बेकसूर हूं, सरकार! मैं अदालत की कुर्सी पर नहीं बैठा था। मैंने सिर्फ ऐक्सेलरेटर पर पांव रखा था।"

"छः महीने की कैद बा-मशक्कत!" अदालत ने अपना फैसला सुनाया और पुलिस के दो सिपाही विक्रमादित्य को पकड़कर अदालत से बाहर ले गए।

प्रधानमंत्री का एक पुराना मेज़बान

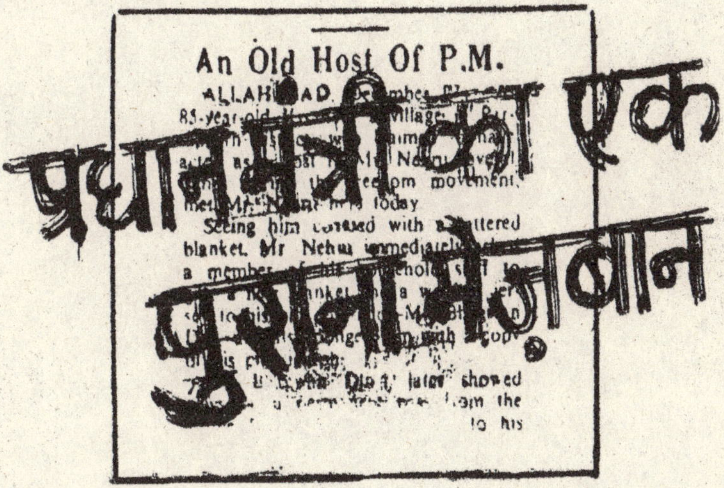

An Old Host Of P.M.

मुख्यमन्त्री और किसान

[आनंद भवन में एक लम्बा कमरा 'एल' की शक्ल का है। कमरे में इस कद्र गहरे और मोटे कालीन बिछे हैं कि कदमों की चाप सुनाई नहीं देती। और पण्डित नेहरू की मेज़ वहां बिछी है, एक कोने में, जहां कि जब तक आदमी मेज़ के बिलकुल करीब न आ जाए वह पण्डितजी को देख नहीं सकता। बड़ी मेज़ के पास बाईं तरफ एक बड़ी फ्रैंच खिड़की है, लम्बी और गावदुम और तरशी हुई, इंसान की उंगली की तरह आसमान की तरफ खुलती हुई। पण्डितजी मेज़ से सिर उठाकर कभी-कभी बाहर आसमान की तरफ इस तरह देख लेते हैं, जैसे वे उस उंगली से सितारों को छू लेना चाहते हों। शाम का वक्त है। कमरे में अंधेरा बढ़ चला है, कुछ इसलिए भी कि गहरे-गहरे रंगोंवाले मोटे परदे रोशनी को अन्दर नहीं आने देते, जो अभी तक बाहर क्षितिज पर खिली हुई है। मेज़ पर एक टेबल-लैम्प पड़ा है। परदा उठने के चन्द सैकंड बाद पंडितजी आहिस्ते से टेबल-लैम्प का स्विच दबाते हैं। स्विच दबाते ही उनका सोच में डूबा हुआ चेहरा चमक उठता है और उनकी कुरसी के पीछे हिन्दुस्तान का बड़ा नक्शा स्पष्ट रूप से दिखाई देने लगता है। एक सेक्रेटरी आकर कहता है—]

सेक्रेटरी नं० 1 : 'लाओस कमीशन' को फिर से जगाने के बारे में श्री हेमरशोल्ड को जो तार भेजा जाएगा, उसका ड्राफ्ट तैयार है, देख लीजिए।

नेहरू : (ड्राफ्ट देखते हुए) मगर यह...यह...यह क्या है? यह तो लुमुम्बा

के बारे में मेरा ड्राफ्ट है! क्या...क्या...क्या तुम...यह नहीं जानते कि लाओस और लुमुम्बा में क्या फर्क है? (ज़ोर से कागज़ फेंक देते हैं।)

सेक्रेटरी नं० 1 : सॉरी सर, टाइपिस्ट से गलती हो गई! मैं दुबारा लाता हूं।

[जल्दी से कागज़ इकट्ठे करता है। इतने में दूसरा सेक्रेटरी आता है।]

सेक्रेटरी नं० 2 : यू० पी० के कांग्रेसियों में जो धड़ेबन्दी जारी है, उसके सिलसिले में कुछ कांग्रेसी आपसे मिलने आए हैं।

नेहरू : कौन लोग हैं ये?

सेक्रेटरी नं० 2 : दो आदमी धड़े नम्बर एक के हैं, दो आदमी धड़े नम्बर दो के हैं, एक आदमी धड़े नम्बर तीन का है।

नेहरू : मगर मैं इन लोगों से सुबह जो मिल चुका हूं?

सेक्रेटरी नं० 2 : मगर पण्डितजी, वे कहते हैं सुबह से शाम तक यू० पी० की पौलिटिक्स में बड़ी भारी तब्दीली आ चुकी है।

नेहरू : हैरत है साहब! मैं जो हालात में तब्दीली ग्यारह साल की कोशिश से न ला सका, वह ये लोग ग्यारह घण्टों में ले आए! हैरत है साहब!

[तीसरा सेक्रेटरी भागा-भागा आता है।]

सेक्रेटरी नं० 3: सर, चौथे धड़े का नुमाइंदा भी आ गया है।

[पण्डितजी जल्दी से झुककर दाईं तरफ के परदे को ज़रा-सा हटाकर देखते हैं और गुस्से से कहते हैं—]

नेहरू : सब धड़ ही धड़ नज़र आते हैं, सिर तो किसीका नज़र नहीं आता! नहीं, मैं नहीं मिलूंगा उनसे! बहुत हो गया, बहुत हो गया!

सेक्रेटरी नं० 3 : मगर पण्डितजी...

नेहरू : देखते नहीं हो, मैं इस वक्त प्लानिंग कमीशन की तीसरी योजना के बारे में अपनी रिपोर्ट तैयार कर रहा हूं? क्या ये झगड़नेवाले लोग मुझे काम नहीं करने देंगे? नहीं मिलूंगा, नहीं मिलूंगा, किसीसे नहीं मिलूंगा! इस वक्त जाओ!

[पंडितजी कुरसी पर बैठे-बैठे घूम जाते हैं और फिर एकदम खड़े होकर हिन्दुस्तान का नक्शा देखते लगते हैं। तीनों सेक्रेटरी सिर झुकाकर वापस चले जाते हैं। पंडितजी के दोनों हाथ अपनी कमर के पीछे आकर एक-दूसरे में बेचैनी से गुथ जाते हैं, जैसे उनके हाथों में लड़ाई हो रही हो। एक आवाज़ आती है—]

आवाज़ : शान्ति! शान्ति!!

[पण्डितजी तेज़ी से घूमकर पलटते ही कहते हैं—]

नेहरू : कौन है? कह जो दिया, मैं किसीसे नहीं मिलूंगा!

[मेज़ से चंद कदम दूर रोशनी के घेरे से बाहर कमरे के अंधेरे में एक आदमी खड़ा है। उसकी सूरत नज़र नहीं आती। उसका लिबास साफ तौर से दिखाई नहीं देता। सिर्फ उसकी भारी आवाज़ सुनाई देती है—]

आवाज़ : शान्ति! शान्ति!!

[पण्डितजी एक क्षण के लिए मेज़ पर एक कोने में अपने सामने रखी हुई भगवान बुद्ध की मूर्ति को छूकर उससे कहते हैं—]

नेहरू : एक लमहे के लिए मैंने सोचा, शायद तुम मुझसे बोले... (सिर उठाकर) कौन हा तुम मुझे शान्ति का उपदेश देनेवाले, ज़रा सामने तो आओ!

[वह आदमी अंधेरे से धीरे-धीरे चलता हुआ मेज़ के पास रोशनी के घरे के अन्दर आता है और अब उसका भूरा

झुर्रिया-भरा चेहरा, और उसकी सफेद दाढ़ी साफ नज़र आती है। फिर उसका लिबास नज़र आने लगता है। उस बुड्ढे आदमी ने एक फटा-पुराना लिहाफ ओढ़ रखा है, जिसमें जगह-जगह रुई के फूसड़े बाहर निकलते नज़र आ रहे हैं। लिहाफ फटा होने के अलावा तेल और मैल के चकत्तों से दागदार हो रहा है। पण्डितजी उसे न पहचानकर कहते हैं—]

नेहरू : कौन हो तुम?

बुड्ढा : तुम्हारा पुराना साथी! पहचान लो...

[वह बुड्ढा आदमी मेज़ पर झुककर पण्डितजी के बिलकुल पास आकर अपनी सूरत दिखाता है। पण्डितजी के चेहरे पर कुछ क्षण तक संदेह और शंका की लहरें उभरती हैं। फिर एकाएक साफ हो जाती हैं और वे खुशी से चिल्लाकर कहते हैं—]

नेहरू : अरे, बड़े भैया! ...

[पण्डितजी जल्दी से आकर उस बुड्ढे आदमी से बगलगीर होते हैं। बुड्ढा भी अपनी दोनों बांहें पंडितजी के गले में डालकर रोने लगता है।]

बुड्ढा : तुमने मुझे पहचान लिया आखिर! ...हां, मैं हूं तुम्हारा बड़ा भैया, भगवानदीन! परतापगढ़वाला।...आखिर तुमने मुझे पहचान ही लिया!

[बुड्ढा अपने आंसू पोंछता है, अपने फटे हुए लिहाफ के एक कोने से। पण्डितजी उसकी बगल में हाथ देकर उसे अपने पास एक कोने में बिछे हुए दीवान पर बिठाते हैं। बुड्ढा अपनी खुशी के आंसू फिर पोंछता है।]

नेहरू : मुन्नी कैसी है?

भगवानदीन : मुन्नी का तो ब्याह हो गया। अब तो भगवान की कृपा से उसके दो बच्चे हैं।

नेहरू : और दीनू?

भगवानदीन : दीनू बड़ा हो गया है और कानपुर चला गया है। कारखाने में नौकर है। कभी-कभी उसकी चिट्ठी आ जाती है।

नेहरू : और भौजाई?

भगवानदीन : तुम्हारी भौजाई मर गई।

नेहरू : अरे! ...तुमने मुझे खत नहीं लिखा?

भगवानदीन : क्या लिखता, लोग तो रोज़ ही मरते रहते हैं।

[अवकाश। पण्डित जी खामोश हो जाते हैं। फिर बात- चीत का लहजा बदलकर कहते हैं—]

नेहरू : और तुम्हारा बड़ा लड़का कहां है? वह तो अब जवान हो गया होगा?

भगवानदीन : वह तो गांव में है। और जवान भी हो गया है और उसका ब्याह भी हो गया है।

नेहरू : घर में और तो हर तरह से खैरियत है? सब ठीक हैं न? कब से तुम्हारे घर को नहीं देखा!

भगवानदीन : घर तो वही है और वही गांव भी है, मगर...

नेहरू : कहो, इलाहाबाद कैसे आए? कोई काम था?

भगवानदीन : तुमसे मिलने आया था। और मिलकर तुम्हें न्योता देने आया था।

नेहरू : कैसा न्योता?

भगवानदीन : खाने का न्योता। याद है, जब कभी तुम हमारे परतापगढ़ के ज़िले से गुज़रे, तुमने हमेशा मेरे यहां खाना खाया?

नेहरू : भूल सकता हूं? चने का साग और मक्खन और बाजरे की रोटी, भौजाई के हाथ की सिंकी हुई! कैसे भूल सकता हूं?

वह आज़ादी की लड़ाई में तुम्हारी मज़बूत दोस्ती और मुहब्बत, दिलेरी और जुर्रत!...

भगवानदीन : तो आज मेरे घर चलो!

नेहरू : आज तो नहीं...

भगवानदीन : तो कल?

नेहरू : कल भी नहीं।

भगवानदीन : परसों?

नेहरू : परसों भी नहीं। अभी तो फुर्सत नहीं है, बड़े भैया! बहुत काम है... मगर मैं किसी दिन आऊंगा।

भगवानदीन : किस दिन आओगे? ग्यारह साल हो गए तुम्हारी राह देखते-देखते!...ग्यारह साल से मेरे घर की मुफलिसी तुम्हारा इंतज़ार करती है! मेरे खेतों की भूख तुम्हारा इंतज़ार करती है, जवाहर!

नेहरू : मुझे शर्मिन्दा न करो बड़े भैया! क्या हम...क्या हम...तुम्हारा फटा हुआ लिहाफ नहीं देख सकते?...अरे भाई, इतनी सरदी बढ़ चली है और तुम यही फटा हुआ लिहाफ ओढ़े हो?

[ज़ोर से घण्टी बजाते हैं। एक नौकर आता है।]

नेहरू : श्याम, एक नया कम्बल लेकर आओ! देखो, देखो, खूब मोटा और मज़बूत हो! और एक नयी जरसी...इनके साइज़ की हो। अच्छी तरह से देख लो, साइज़ समझ लो! ...

श्यामू नौकर : जी, बहुत अच्छा!

नेहरू : खिड़की बन्द कर दें, बड़े भैया। बाहर से ठण्डी हवा आती है।

भगवानदीन : नहीं, खुली रहने दो। इसमें से आसमान दिखाई देता है और तारे भी, जो इंसान की आखिरी उम्मीद हैं।

नेहरू : (हंसकर) हां, मुझे याद है। जेल में भी तुम हमेशा कमरे

के बजाय खुले लान में सोना पसन्द करते थे और आसमान के नीचे, तारों-भरी छांव में तुम हमें अपने लोकगीत सुनाया करते थे।

भगवानदीन : मैं एक किसान हूं न!

नेहरू : मगर तब तो तुम्हारी हालत अच्छी थी, जब हम तुम्हारे घर गए थे। फिर क्या हुआ?

भगवानदीन : फिर आज़ादी मिल गई।

नेहरू : तो आज़ादी क्यों न मिलती? आज़ादी से क्या नुकसान हुआ? आज़ादी मिलते ही हमने ज़मींदारी खत्म कर दी, जो अंग्रेज़ों के ज़माने में कभा भी खत्म न होती।

भगवानदीन : ज़मींदारी खत्म हुई तो भूमिदारी आ गई। ज़मीन पर मल्कियत तो किसी न किसी की बाकी है! खेत-मजूर भी वहीं के वहीं रहे। ज़मीन भी उसी तरह छोटे-छोटे टुकड़ों में बंटी रही। किसान उसी तरह बारिश के लिए आसमान की तरफ देखते रहे। कभी तो एक बूंद न बरसती और कभी आसमान यों बरसा कि सारी फसल बहाकर ले गया। और तुम जानते हो जवाहर, एक किसान की खुशहाली कितनी नापायेदार होती है! एक सूखा पड़ा या एक बाढ़ आई और घर की सारी खुशहाली खत्म हो गई। तुम्हारी भौजाई फाके से मर गई। दीनू कानपुर चला गया। घर की दीवारें ढह गईं।...तुमने बहुत अच्छा किया जो मेरा न्योता नहीं माना। मान लेते तो शायद आज तुम्हें चने का साग और बाजरे की रोटी भी न खिला सकता!...

[पंडितजी उठकर गम और गुस्से से टहलने लगते हैं। उनके हाथों की उंगलियां बेचैन हैं। एकाएक बाहर से शोर सुनाई देता है। पण्डितजी गुस्से से पलटकर पूछते हैं—]

नेहरू : भगवानदीन, यह बाहर कैसा शोर हो रहा है?

भगवानदीन : वे जो हमपर हुकूमत करते हैं, वे आपस में झगड़ रहा है!

नेहरू : (पांव पटककर गुस्से से) नानसेंस!

भगवानदीन : वे झगड़ते हैं और मेरा लिहाफ फटा जा रहा है!

[पण्डितजी खामोशी से टहलते जाते हैं।]

भगवानदीन : और खेत सूखते जाते हैं!

[अवकाश]

भगवानदीन : और गांव के घर गिरते जाते हैं!

[अवकाश]

भगवानदीन : और लड़के बम्बई को भागते जाते हैं, या कानपुर को, या अहमदाबाद को! गांव की गलियों में सिर्फ बुड्ढे रह गए हैं या बच्चे!

[अवकाश]

भगवानदीन : बुड्ढों के लिए कोई काम नहीं है और बच्चों के लिए कोई स्कूल नहीं है।

[पण्डितजी, जो इस दौरान में गुस्से से टहल रहे थे और टहलते-टहलते उनका पारा प्रतिक्षण चढ़ता जा रहा था, एकाएक पलटकर भगवानदीन के सामने आकर कहते हैं—]

नेहरू : हाउ डू यू एक्सपेक्ट मी टु चेंज आल दिस इन इलैवन इअर्स? —ग्यारह साल में तुम्हें चमत्कार करके कैसे दिखा दूं? गरीबी दूर करने के लिए मेरे पास कोई अलादीन का चिराग नहीं है!...जानते हो, इंगलैण्ड को मौजूदा खुशहाली हासिल करने के लिए चार सौ साल लगे! अमरीका को डेढ़ सौ साल! रूस ने चालीस साल लिए! मैं ग्यारह साल में क्या कर दूं इससे ज़्यादा? लोग झगड़ते हैं! लोग काम नहीं करते! लोग बेईमान हैं! लोगों के दिल में देश

का दर्द नहीं है तो देश आगे कैसे बढ़ेगा? इट इज़ ए प्रॉबलम,[1] बड़े भैया! लोगों को कैसे बदला जाए? यह बड़ी भारी प्रॉबलम है हमारे सामने! हम कैसे बदलें? कैसे आगे जाएं?...मगर धीरे-धीरे मुल्क में कल-कारखाने तरक्की कर रहे हैं। धीरे-धीरे डैम बन रहे हैं। धीरे-धीरे सूखे खेतों में पानी भी आ जाएगा।...

भगवानदीन : 'खाक हो जाएंगे हम तुमको खबर होने तक!'

नेहरू : (हंसकर) इसी खाक से कोंपलें भी फूटेंगी! (श्यामू आ जाता है।) लो, तुम्हारा कम्बल आ गया।... और नयी जरसी भी। इसे पहन लो।

भगवानदीन : नहीं, नहीं।...

नेहरू : पहन लो न!...नहीं पहनोगे तो हम खुद पहना देंगे।... श्यामू, तुम इनके हाथ पकड़ो, मैं जरसी पहनाता हूं। देखता हूं, कैसे नहीं पहनते हैं!

[पण्डितजी ज़बरदस्ती बुड्ढे किसान को जरसी पहना देते हैं और उसका फटा लिहाफ अलग करके उसे नया कम्बल उढ़ा देते हैं।]

भगवानदीन : हुं, यह कम्बल तो बहुत अच्छा है!...हां, यह ऊनी बण्डी भी बहुत उम्दा है! ...

नेहरू : श्यामू, इस फटे हुए लिहाफ को बाहर फेंक दो।...

[बुड्ढा नौकर से फटा हुआ लिहाफ छीन लेता है।]

भगवानदीन : मगर मेरे गांव में और भी फटे हुए लिहाफ हैं!

नेहरू : ऊंह हूं!

भगवानदीन : तीन सौ के करीब फटे हुए लिहाफ होंगे सिर्फ मेरे गांव में! और अगर आस-पास के गांव भी शामिल कर लिए

---

1. यह एक समस्या है।

जाएं...तो...

नेहरू : ऊंह हूं!

भगवानदीन : और मेरे बड़े बेटे को सरदी खा-खाकर तपेदिक हो गई है और दूर-दूर तक हमारे इलाके में कोई अस्पताल नहीं है, और जहां अस्पताल हैं, वहां कोई बैड खाली नहीं है!

[बाहर का शोर फिर बढ़ जाता है। अब के झगड़नेवालों की आवाज़ें साफ-साफ सुनाई देती हैं—]

एक आवाज़ : वाह, तुम्हारे धड़े के तीन मंत्री लिए जाएं और हमारा सिर्फ एक!

दूसरी : और हमारे धड़े से एक मन्त्री भी न लिया जाए?

तीसरी : और तुम्हारा धड़ा स्पीकरशिप भी ले जाए?

चौथी : जो नया अफसर चला आ रहा है, बनारस से चला आ रहा है!

पांचवीं : तो क्या तुम्हारे सीतापुर से आए?

पहली : सीतापुर की ऐसी की तैसी!

दूसरी : तुम्हारी ऐसी की तैसी!

[शोर बढ़ता जाता है। फिर एकाएक कम होकर दूर होता जाता है, जैसे शोर करनेवाले बाहर ढकेले जा रहे हों। बुड्ढा भगवानदीन नेहरू के पास आकर कहता है—]

भगवानदीन : ये लोग समझाने से ठीक नहीं होंगे।

नेहरू : मैं ज़बरदस्ती करने के खिलाफ हूं। मैं लोगों का रवैया, उनका सोचने का ढंग बदलना चाहता हूं, चाहे वह धीरे-धीरे ही क्यों न बदले।

भगवानदीन : अभी तो काम धीरे-धीरे हो रहा है, और मैं मानता हूं कि काम हो रहा है। मगर जिस रफ्तार से रिश्वतखोरी, बेईमानी, पक्षपात, साम्प्रदायिकता और जात-पात की हिमायत बढ़ रही

है उससे तो यह मालूम होता है कि बहुत जल्द यह धीरे-धीरे आगे बढ़नेवाला काम ही बन्द हो जाएगा।...फिर तुम क्या करोगे?

नेहरू : मैं लड़ूंगा!...मैं लड़ूंगा!...मैं मुहब्बत के हथियार से लड़ूंगा!...

[पंडितजी भगवान बुद्ध की मूर्ति के कंधे पर हाथ रख देते हैं।]

भगवानदीन : तुम बहुत भले आदमी हो जवाहर, बहुत नेक आदमी हो! तुम्हारे दिल में किसीके लिए बुराई नहीं है।...तुम चाहते हो कि बेईमान, पक्षपाती, मुनाफाखोर लोगों का दिल भी मुहब्बत से बदल दिया जाए।...मगर आज वक्त बहुत कम है। और लोग तीन सौ साल तक इन्तज़ार नहीं कर सकते। वे लोग जो भूखे हैं, नंगे हैं और जहालत और बीमारी के मारे हुए हैं, कब तक पत्थरों में आंसू निकलने का इन्तज़ार करेंगे?

[पंडित नेहरू चौंककर भगवानदीन की तरफ देखते हैं और बुद्ध की मूर्ति से हाथ हटाकर पलट जाते हैं और खुली खिड़की में खड़े हो जाते हैं और आसमान में खिले हुए तारों की तरफ देखने लगते हैं।]

नेहरू : कभी-कभी मैं बहुत अकेला महसूस करता हूं।

भगवानदीन : कभी-कभी मुझे भी ऐसा लगता है कि तुम बिलकुल अकेले रह गए हो। तुम्हें पुराने दोस्तों की ज़रूरत है, मेरे जैसे किसानों की...और शायद नये दोस्तों की भी ज़रूरत है...जैसे मेरा बेटा दीनू है, जो कानपुर के कारखानों में काम करता है।...

नेहरू : (कांपते हुए) मैं थक गया हूं। मुझे सरदी लग रही है।

भगवानदीन : मेरा फटा हुआ लिहाफ ओढ़ लो। उसमें तीन पुश्तों की तरसी हुई आरज़ूएं बन्द हैं। यह लिहाफ ओढ़ लो, और मेरे गांव

चलो! भोर पहर हवा के पहले झोंके की तरह और उमड़ी हुई घटाओं की पहली बूंद की तरह गांव के लोग खेतों में तुम्हारा इन्तज़ार करते हैं।

[पंडित नेहरू वह फटा हुआ लिहाफ ओढ़ लेते हैं।]

[परदा गिरता है।]

मलका का आगमन

'शैतान टाइम्स' के एडीटर ने मुझसे कहा, "तुम सीधे पालम जाओ और मलका के स्वागत में हो रही तैयारियों की रिपोर्ट मुझे लाकर दो।"

'शैतान टाइम्स' के दफ्तर में मेरी नौकरी का यह पहला दिन था। बहुत सिफारिशों के पश्चात् मुझे रिपोर्टर रख लिया गया था। यह ठीक है कि मैंने इससे पहले किसी समाचारपत्र में काम नहीं किया था।

"किन्तु इससे क्या होता है!" काली ऐनकवाले गंजे एडीटर ने मुझसे सहानुभूतिपूर्वक कहा, "समाचारपत्र का रिपोर्टर तो जन्मजात रिपोर्टर होता है। उनकी नाक इस प्रकार तेज़ होती है कि वह जंगल में भी खबर सूंघ सकता है।"

मैंने खबर सूंघने के लिए नथने फुलाए।

"साधारण किस्म की रिपोर्टिंग तो हर रिपोर्टर कर सकता है। यदि तरक्की करना चाहते हो तो धांसू किस्म की रिपोर्टिंग करो, एकदम सनसनीखेज़, एकदम धांसू!" एडीटर ने अपना मुक्का हवा में लहराया।

प्रत्युत्तर में मैंने भी अपना मुक्का हवा में लहराया।

"शाबाश! अब तुम जा सकते हो।"

एडीटर एकाएक अपनी कुर्सी पर बैठ गया, जैसे उसकी सारी एनर्जी समाप्त हो गई हो।

"जाते-जाते कैण्टीन से मेरे लिए एक चाय भिजवाते जाओं!"

मैं अभी पालम एयरपोर्ट पर पहुंचा भी न था कि मैंने उसे पालम के

पास के खेतों में देख लिया। वह एक बहुत बड नीम तले कुएं के पास खड़ी अपने बैलों को पानी पिला रही थी। लम्बा कद, गोरा रंग, शाही स्वाभिमान...मैं तो उसे देखते ही मोहित हो गया और ठिठककर उसे देखने लगा। कुछ क्षणों के लिए तो उसने मुझे देखने दिया, और फिर उसने बैलों को मारनेवाली सोटी उठाई।

मैंने चौंककर उससे पूछा, "तुम्हारा नाम?"

वह बोली, "मेरा नाम मलका है।"

"मलका?"

"हां, मलका।"

"कितने बच्चे हैं तुम्हारे?"

"तीन।"

मेरा दिल धड़कने लगा। यह वही है, बिलकुल वही। वही सूरत, वही अकड़, वही रोब, वही राजसी मुद्रा!

मैंने सामने के फैले हुए खेतों की ओर इशारा करके पूछा, "क्या ये... ये सब खेत तुम्हारे हैं?"

"हां। ये सामने तुम्हें जितने खेत नज़र आते हैं, हमारे हैं।" वह शाही ढंग से बोली।

'वही है, बिलकुल वही है!' मेरे दिल ने गवाही दी। और मैं शीघ्र एक कदम आगे बढ़कर, उसके सामने घुटने टेककर झुक गया। और सिर झुकाकर सम्मानपूर्वक बोला, "मलका! वे तुम्हारी प्रतीक्षा कर रहे हैं।"

"वे कौन?"

"दिल्ली शहर के लोग...दिल्ली शहरवाले आज तुम्हारी प्रतीक्षा कर रहे हैं।"

"किन्तु मैं तो आज तक कभी दिल्ली शहर नहीं गई। वहां किसीको

नहीं जानती।"

'दिल्ली शहर कभी नहीं गई!...तो...तो यह बिलकुल वही है, बिलकुल वही!' मेरे दिल ने चीखकर मुझसे कहा।

"किन्तु मेरे खेतों का अनाज वहां जाता है, और मेरे खेतों की सब्ज़ी-तरकारी भी..." वह स्वयं ही बोल पड़ी।

"दिल्ली शहर के लोग बड़े नमक हलाल हैं, मलका! उन्होंने बरसों तुम्हारा नमक खाया है, तुम्हारी रोटियां तोड़ी हैं, तुम्हारी सब्ज़ी-तरकारी इस्तेमाल की है। और आज वे लोग तुम्हारा स्वागत करने को बेचैन हो रहे हैं—मन्त्रियों से लेकर एक्स्ट्रा असिस्टेण्ट कमिश्नरों तक, प्रत्येक मनुष्य तुम्हें एक पल देखने को उत्सुक हो रहा है!"

"मुझे?"

वह हंसी और उसने अपनी पतली छड़ी अपने मोतियों की तरह सफेद दांतों में दबा ली।

बोली, "मुझे भला वे क्यों देखना चाहेंगे?"

"क्योंकि तुम मलका हो।" मैंने दोनों हाथों को ज़ोर से फैलाकर अपने फेफड़ों की पूरी ताकत से चिल्लाकर कहा, "और दिल्ली आज तुम्हारे स्वागत के लिए दुलहिन की तरह सजी-धजी खड़ी है!"

उसे मेरी बात पर विश्वास हो गया। बैलों को नीम के पेड़ से बांधकर बोली, "तो अपने बच्चों को भी ले चलूं?"

"हां हां, क्या हर्ज है?" मैंने कहा, "तीनों राजकुमारों के लिए बड़ी इज़्ज़त है!"

जब हम पालम से पैदल चलकर दिल्ली गेट पहुंचे तो तीनों राजकुमार बहुत थक चुके थे। एक तो लगभग लंगड़ा रहा था। दूसरे को मलका ने उठा रखा था। तीसरे को मैंने अपने कंधे पर स्थान दिया था। सौभाग्य से दिल्ली गेट पर मुझे अपनी पहचान का एक स्कूटरवाला मिल गया। वह

हमें बहुत सस्ते दामों पर कनाट-प्लेस ले गया। रास्ते में इर्विन अस्पताल के पास वृक्षों पर रंग-बिरंगे कुमकुमे देखकर राजकुमार बहुत खुश हुए। दोनों हाथों से ताली बजाकर बोले, "आहा जी, हम ये...चमकनेवाले फल खाएंगे!"

मैंने कहा, "मासूम राजकुमारो, ये फल नहीं हैं। ये बिजली के दीये हैं, जो तुम्हारे आगमन की खुशी में लगाए गए हैं।"

"और ये रंग-बिरंगी झंडियां?" मलका ने खुश होकर पूछा।

"सब आपके लिए, ये सब आपके लिए हैं!"

इर्विन अस्पताल से आगे निकले तो रामलीला ग्राउंड में अनगिनत रोशनियां थीं, अनगिनत माइक थे। एक सुन्दर राजपूत बुर्जी थी।

"यह किसलिए?" मलका ने फिर पूछा।

"यह भी आपके लिए!" मैंने आदर सहित कहा।

आगे चले तो कनाट-प्लेस पहुंच गए। कनाट-प्लेस की सज-धज देखकर मलका बहुत खुश हुई। युनाइटेड कॉफी हाउस के पास पहुंचकर कहने लगी, "मुझे नहीं मालूम था, दिल्लीवाले दिल के इतने अच्छे होंगे, वरना मैं बहुत पहले यहां आती! कई बार मेरे पति ने मुझसे कहा—'दिल्ली चलो,' किन्तु मैं हमेशा टाल गई।"

"क्यों?"

"खेतों में बहुत काम था।" मलका बड़ी सादगी से बोली।

"और अब कहां हैं तुम्हारे पति?"

"स्वतन्त्रता के झगड़ों में मारा गया था। उन दिनों हमारे गांव के बहुत-से मुसलमान मार डाले गए थे, क्योंकि गांव का चौधरी हमारी धरतियों पर कब्ज़ा करना चाहता था। इसलिए मेरे पति की मृत्यु के बाद, जब वे मेरे खेतों पर कब्ज़ा करने आए तो मैं अपने पति का कुल्हाड़ा लेकर खड़ी हो गई और बोली—'जो आगे बढ़ेगा, उसीका

सिर सबसे पहले कटेगा!"

"फिर?" मैंने दिलचस्पी से पूछा।

"फिर क्या!" मलका उन दिनों को याद करके सिर से पांव तक क्रोध की अग्नि में दहकने लगी। और मैं तो उसका राजसी तेज देखकर कांप गया। पांच फूट दस इंच की भरपूर तगड़ी स्त्री मेरी ओर यूं देख रही थी, जैसे मुझे कच्चा खा जाएगी। सौभाग्य से मेरी घबराहट देखकर उसने अपना लहजा बदल दिया। धीरे से बोली, "मेरा गुस्सा देखकर चौधरी का रंग उड़ गया और वह सिर झुकाए मेरे खेतों से बाहर निकल गया। यह बिलकुल सच था कि उस समय जो भी आगे बढ़ता, मैं उसका सिर भुट्टा-सा उड़ा देती!"

"फिर?" मैंने कांपकर पूछा।

"फिर कुछ नहीं," मलका निर्णयात्मक स्वर में बोली, "वह दिन और आज का दिन, किसीने मुझसे कुछ नहीं कहा। मैं अकेली मुसलमान स्त्री उस गांव में रहती हूं। अपने खेतों में हल चलाती हूं, बीज बोती हूं, फसल काटती हूं, अपने बच्चों का पालन करती हूं। किसीकी मजाल है, जो मेरी ओर या मेरे बच्चों की ओर आंख उठाकर देख सके! खून पी जाऊंगी!"

जनपथ के पास पहुंचकर राजकुमारों ने मिनमिनाना आरम्भ किया, "ऊं-ऊं...हमें भूख लगी है! हम रेवड़ियां खाएंगे, हम मूंगफली खाएंगे।"

मैंने कहा, "अच्छे राजकुमार न रेवड़ी खाते हैं, न मूंगफली ; और फिर यह तो नई दिल्ली है। यहां के लोगों ने आपको इस तरह का अल्लम-गल्लम खाते देख लिया तो आपकी इज्ज़त घट जाएगी।"

"तो हम क्या खाएंगे, भई?" मलका ज़रा तुनककर बोली, "पालम से पैदल चले आ रहे हैं। भूख लगी है।"

मैंने हाथ जोड़कर प्राथना की, "राष्ट्रपति भवन चलिए! वहां तो आपके

स्वागत में एक बहुत बड़ी दावत दी जा रही है।"

किन्तु हमें राष्ट्रपति भवन के बाहर ही रोक लिया गया।

"आपका निमन्त्रण-पत्र?" दरवाज़े पर खड़े एक अफसर ने मुझसे पूछा।

मैंने जेब से निमन्त्रण-पत्र निकालकर दिखाया। अफसर ने कार्ड पढ़ा। मुझे सर से पांव तक देखकर बोला, "क्या 'शैतान टाइम्स' के रिपोर्टर आप ही हैं?"

"जी हां।"

उस अफसर ने मुझे ध्यान से देखा, क्योंकि मैं सर से पांव तक धूल से अटा हुआ था। और लगभग यही हालत मलका और उसके बच्चों की थी। मैंने अफसर का सन्देह दूर करते हुए कहा, "मैं ज़रा पालम तक गया था, इनको लाने के लिए।"

अफसर ने कहा, "किन्तु आपका निमन्त्रण-पत्र तो केवल एक आदमी के लिए है। और आपके साथ तो..."

"श्रीमानजी!" मैंने बड़े गर्व से कहा, "बड़े आश्चर्य की बात है कि आप इन लोगों को पहचान नहीं रहे हैं। जो मेरे साथ हैं, आज की दावत इन्हीं लोगों के स्वागतार्थ की जा रही है।"

"कौन हैं ये लोग?" अफसर ने पूछा।

"ये मलका हैं। ये इनके तीनों राजकुमार हैं।" मैंने सीना फुलाकर कहा, "झुक जाओ, मिस्टर!"

अफसर ने मुझे सिर से पांव तक ध्यान से देखा। फिर वह मुड़कर अपने साथी से कहने लगा, "मैं यहां लोगों को तमाशा नहीं दिखाना चाहता। अच्छा यही है कि तुम इस पगले को यहां से निकाल दो!"

"उसने तुम्हें पागल क्यों कहा?" मलका ने बाद में मुझसे पूछा।

हम लोग राष्ट्रपति भवन से निकाले गए थे और अब पिछवाड़े के बाग से प्रविष्ट होकर उस 'सूट' की ओर जा रहे थे, जहां पर मलका और उनके अमले-फमले के लिए ठहरने का प्रबन्ध किया गया था।

"वह स्वयं पागल था," मैंने मलका को सान्त्वना देते हुए कहा, "उसने तुम्हें नहीं पहचाना। यदि पहचान लेता तो मेरी तरह घुटने टेकता, क्योंकि हम लोगों ने तुम्हारे खेतों का अनाज खाया है। मन्त्रियों से लेकर दुकानदारों तक, हम सब लोग तुम्हारी मेहनत से जीवित हैं। हम बड़े नमक-हलाल लोग हैं, मलका! किन्तु मुझे बहुत अफसोस है कि इस अफसर ने तुम्हें नहीं पहचाना।"

एक राजकुमार बोला, "मुझे भूख लगी है।"

दूसरा बोला, "मुझे नींद आ रही है।"

मलका बोली, "अब मैं भी थक गई हूं।"

मैंने कहा, "मलका, जहां तुम्हें मैं अब ले जा रहा हूं, वहां किसी तरह की गलती नहीं हो सकती। वहां सब लोग तुम्हें पहचानते हैं। वहां तुम्हें खाने को बढ़िया से बढ़िया मिलेगा। सोने के लिए बिस्तर। दर्जनों नौकर, मिट्ठी-चापी करने के लिए। राष्ट्रपति भवन का यह भाग केवल तुम्हारे लिए ही रिज़र्व किया गया है।"

मलका यह सुनकर मुस्कराई और फिर मलका और राजकुमारों के कदम तेज़ हो गए। खम्भों की आड़ लेते हुए, गुलाम-गर्दिशों के कोनों में छिपते हुए, हम किसी न किसी प्रकार 'सूट' में पहुंच गए, जो मलका के लिए निश्चित था। कैसी सुन्दर दीवारें थीं, कैसी जड़ी हुई छतें थीं, कितने सुन्दर फानूस थे! कितने बढ़िया स्प्रिंगदार बिस्तर थे। राजकुमार बिस्तरों से छलांगें लगाते और नीचे गहरे गलीचों पर लोट-पोट हुए जाते थे।

मलका अपने स्वच्छ झिलमिलाते बिस्तर पर लेट गई। फिर उसने एक

मनमोहक अंगड़ाई ली। फिर उसने हाथ बढ़ाकर पास रखी हुई तिपाई पर रखी चांदी की एक फ्रूट-बाउल में हाथ डाला।

मलका ने एक दाना अंगूर को मुंह में रखकर कहा, "दिल्लीवाले कितने अच्छे लोग हैं!"

अचानक सामने का पर्दा हिला और वहां तैनात बटलर प्रकट हुआ, और 'योअर मैजेस्टी' कहकर झुका। फिर जो उसने मलका और उसके बच्चों को देखा तो वह झुके का झुका रह गया। उसका मुंह खुले का खुला रह गया, और उसकी आंखें फटी की फटी रह गईं। फिर उसके पीछे दो यूरोपियन नौकरानियां प्रकट हुईं। हमें देखकर उन्होंने ज़ोर से एक चीख मारी और बेहोश हो गईं।

हम लोग वहां से भी निकाले गए, किन्तु गिरफ्तार नहीं किए गए। कारण स्पष्ट है कि वे लोग किसी प्रकार का हंगामा नहीं करना चाहते थे। किन्तु अब मैं बेहद नाराज़ था। आखिर यह कैसा षड्यन्त्र है? आखिर ये सब लोग मलका को पहचानने से क्यों इन्कार कर रहे हैं?

मैं 'शैतान टाइम्स' का रिपोर्टर था। यह सच है कि मुझे आज ही नौकर रखा गया है। किन्तु एक जर्नलिस्ट, आखिर जर्नलिस्ट है! चाहे उसकी एक दिन की सर्विस हो या दस वर्ष की। और एक जर्नलिस्ट की इज़्ज़त इस बात का तकाज़ा करती है कि मैं मलका के विरुद्ध इस षड्यन्त्र को अपने समाचारपत्र में प्रकाशित कर दूं। यह सोचकर मैं मलका और उसके तीनों राजकुमारों को लेकर, एक स्कूटर में बैठकर 'शैतान टाइम्स' के दफ्तर रवाना हो गया।

'शैतान टाइम्स' के एडीटर ने मुझसे पूछा, "पालम गए थे?"

"जी हां।" मैंने बड़े विश्वास के साथ कहा।

"फिर मलका को देखा?"

"देखा क्या, मैं उसे अपने साथ लाया हूं!" मैंने उत्तर दिया।

"अपने साथ यहां?" 'शैतान टाइम्स' का एडीटर चीखकर बोला।

"जी हां!" मैंने गर्व के साथ सीना फुलाते हुए कहा।

"यहां, हमारे दफ्तर में?...असम्भव!" चीफ-एडीटर कुर्सी से उठकर बोला।

"विश्वास न हो तो बाहर रिसेप्शन-रूम में जाकर देख लीजिए।" मैंने पूर्ण विश्वास से कहा।

"ओह, माई गॉड!" 'शैतान टाइम्स' का एडीटर गला फाड़-फाड़कर बोला, "यह संसार की सबसे बड़ी धांसू खबर है!...ग्रेटेस्ट स्कूप ऑन अर्थ।...मैं आज से तुम्हें पांच सौ रुपये की तरक्की देता हूं। तुम्हें अपना असिस्टेण्ट एडीटर नहीं, न्यूज़ एडीटर नहीं, ज्वाइंट चीफ एडीटर नियुक्त करता हूं। मेरी अनुपस्थिति में तुम मेरी कुर्सी पर भी बैठ सकते हो, 'लीडर' भी लिख सकते हो।"

'शैतान टाइम्स' के एडीटर ने बड़े प्रेम से मुझे अपने गले लगा लिया और मेरा मुंह चूमते हुए बोला, "चलो, चलो मुझे मलका दिखाओ!" यह कहकर वह मेरी प्रतीक्षा किए बिना बाहर रिसेप्शन-रूम की ओर दौड़ता चला गया। मैं भी उसके पीछे-पीछे भागता चला गया।

रिसेप्शन-रूम के अन्दर जाकर वह ठिठककर खड़ा हो गया और चारों ओर ध्यानपूर्वक देखने लगा। किन्तु उसे कहीं पर मलका नज़र न आई, अलबत्ता एक किसान स्त्री नज़र आई, जो अपने फटे लहंगे से जुंएं बीन रही थी और जिसके पास तीन बच्चे नंग-धड़ंग बैठे थे।

"कहां है मलका?" उसने चिल्लाकर मुझसे पूछा।

मैंने इशारा करते हुए कहा, "यह कौन है!"

"यह मलका है?" वह क्रोध से चिल्लाकर बोला।

"बिलकुल वही है। इसका नाम मलका है और यह पालम में रहती है, और वहीं तुमने मुझे मलका से मिलने भेजा था।"

"अबे मूर्ख!" एडीटर ने अपना सिर पीटकर कहा, "मैंने तुम्हें इस जूंएं चुननेवाली मलका से नहीं, उस बाहरवाला मलिका के स्वागत के लिए भेजा था, जो इंग्लैंड से आ रही है!"

"तो तुमने मुझे पहले बता दिया होता," मैंने उदास होकर कहा, "अब मुझे क्या मालूम था..."

"अबे गधे!" एडीटर मेरा गला पकड़ते हुए बोला, "क्या तुझ इतनी समझ नहीं है? क्या दिल्लीवाले इस खेतोंवाली मलका का स्वागत करेंगे, जिसके कपड़े फटे हुए हैं, जिसके बच्चों के तन पर केवल एक लंगोटी है और पांव नंगे और घायल हैं, पेट भूखा है और सिर नंगा है? क्या इस गंवार और मूर्ख किसान स्त्री के स्वागत के लिए जनता का दो करोड़ रुपया खर्च किया जा रहा है?"

"यह गंवार और मूर्ख स्त्री नहीं है!" मैंने 'शैतान टाइम्स' के एडीटर को परे धकेलते हुए कहा। अब मुझे भी क्रोध आ रहा था। "यह बड़ी वीर, सूरमा और शेरनी है। इस अकेली स्त्री ने दुश्मनों के विरुद्ध लड़कर अपने बच्चों और अपने पति के खेतों को बचाया है।...इसकी शक्ल और सूरत किसी प्रकार भी तुम्हारी मलका से कम नहीं है। तुम्हारी मलका यदि दिन में आठ घंटे काम करती है तो यह दिन में बारह घंटे काम करती है। तुम्हारी मलका यदि राज्य चलाती है तो यह भी अपने खेत संभालती है और बिना किसी मन्त्री की सहायता के संभालती है। यदि तुम्हारी मलका अपने बच्चों से प्यार करती है तो यह तो अपने बच्चों पर जान छिड़कती है। फिर इसके कपड़े फटे क्यों हैं? इसके बच्चे भूखे क्यों हैं? और तुम लोग इसके खेतों का अनाज खाकर इसका नमक हराम क्यों करते हो? दोनों घुटने टेक दो, और अपनी

मलका को सलाम करो!"

चीफ एडीटर दांत पीसने लगा। उसके मुंह से झाग निकलने लगे। वह चीखकर बोला, "गेट आउट!"

मलका उसी रात अपने तीनों बच्चों को लेकर भूखी-प्यासी वापस चली गई। कभी-कभी मैं उसके खेतों में जाता हूँ और उससे पूछता हूं, "मलका, हमारे शहर में कब आओगी?"

वह मेरा प्रश्न सुनकर मुस्करा देती है। उसकी दृष्टि धरती से उठकर आसमान की ओर चली जाती है और वह स्वप्नमयी दृष्टि से दूर क्षितिज के पार देखते हुए कहती है, "मैं उस दिन आऊंगी, जिस दिन तुम्हारे शहरवाले मुझे पहचान लेंगे!"

कुत्तों के लिये भी परिवार नियोजन

Family Planning For Dogs To

'The Times of India" News Service

...NAGAR, January 23

... planning among dogs is sought to be introduced at ... miles from here, on ... experimental basis.

The sponsors of the project want to check ... the canine population in the region where people are ... to the ... of dogs.

The Public Health Department, helped by the Veterinary Department, will launch the project of castrating male dogs in a limited area.

कुत्ता-प्लानिंग

सबसे पहले डिप्टी मिनिस्टर ने फेमिली-प्लानिंग के मिनिस्टर से कहा, "आपने आज का समाचारपत्र देखा है?"

फेमिली-प्लानिंग के मिनिस्टर ने एक लम्बी-सी जम्हाई लेकर कहा, "आज कौन-सी तारीख है?"

"चौबीस जनवरी।"

"गुड गॉड! कैसे दिन गुज़रते जाते हैं, कुछ पता ही नहीं चलता!" फेमिली-प्लानिंग के मिनिस्टर ने एक लम्बा-सा सिगार अपने मुंह में लेकर कहा, "अभी कल ही तो नया वर्ष आरम्भ हुआ था। कैसी बढ़िया पार्टी थी! आपको याद होगा मिस मनचन्दा कितनी सुन्दर साड़ी पहने हुए थी।"

"आज के 'टाइम्स' में सातवें पृष्ठ पर एक महत्त्वपूर्ण खबर है।" डिप्टी मिनिस्टर ने फिर याद दिलाया।

"मैं केवल वही समाचारपत्र पढ़ता हूं, जिसमें मेरा भाषण छपता है और अभी दो दिन से मैंने कोई भाषण नहीं दिया। इस कारण कोई महत्त्वपूर्ण खबर ही क्या हो सकती है!" मिनिस्टर एक लम्बा कश लगाते हुए बोला।

डिप्टी मिनिस्टर ने खबर पढ़कर सुनाई, "अलीआबाद के स्थान पर, जो जामनगर से नौ मील की दूरी पर है, एक ऐसा परीक्षण किया जा रहा है जिससे कुत्तों में फेमिली-प्लानिंग हो सकेगी। इस प्रोजेक्ट के शुरू करनेवाले चाहते हैं कि कुत्तों की बढ़ती हुई जनसंख्या को रोका जा

सके, क्योंकि उस सारे प्रदेश के लोग कुत्तों को जान से मार देने के हक में नहीं हैं। स्वास्थ्य-रक्षा विभाग वतरनरी डिपार्टमेण्ट की सहायता से यह प्रोजेक्ट आरम्भ करेगा, जिसके द्वारा एक सीमित क्षेत्र के कुत्तों को ऑपरेशन के द्वारा नामर्द बना दिया जाएगा।"

"मूर्ख!" फेमिली-प्लानिंग के मिनिस्टर ने खबर सुनकर कहा, "इन्सानों की फेमिली-प्लानिंग तो ठीक तरह से हो नहीं रही, तो कुत्तों में क्या होगी? बेकार में पब्लिक का रुपया व्यर्थ जाएगा।"

"बिलकुल ठीक है," डिप्टी मिनिस्टर ने हां में हां मिलाते हुए कहा, "स्वयं मैंने यही सोचा था। किन्तु फिर विचार आया कि हमारे यहां भी तो फेमिली-प्लानिंग सफल नहीं है और नये बजट के अवसर पर कोई नई कारगुज़ारी दिखाने की भी आवश्यकता महसूस होगी। इसीलिए मैंने इस खबर को इतना महत्त्वपूर्ण समझा है...!" डिप्टी मिनिस्टर चुप हो गया।

"हूं..." फेमिली-प्लानिंग के मिनिस्टर एक गहरे सोच में डूब गए। काफी सोच-विचार के बाद बोले, "विचार बुरा नहीं है। आखिर हमारे प्रान्त में भी कुत्ते तो होंगे ही।"

"अवश्य होंगे," डिप्टी मिनिस्टर ने कहा, "हालांकि मैंने किसी कुत्ते को इण्टरव्यू नहीं दिया...इन्सानों ही से फुर्सत नहीं मिलती! ... किन्तु होंगे अवश्य...क्या विचार है? चीफ सेक्रेटरी से परामर्श किया जाए इस मामले में?"

उत्तर में फेमिली-प्लानिंग के मिनिस्टर ने चीफ सेक्रेटरी को फोन करके उसे अपने कमरे में बुला लिया। चीफ सेक्रेटरी खबर पढ़कर और सुझाव सुनकर खामोश हो गया। किसी समस्या पर राय देने से पहले, वह खामोश रहना पसन्द करता था, चाहे वह मन्त्रियों की बुद्धि हो या कुत्तों की सिद्धि हो।

एक लम्बी चुप्पी के बाद वह बोला, "कुत्तों से मेरी मुलाकात ज़्यादा नहीं है, क्योंकि शुरू ही से तोते पालने का शौक रहा है। मैं समझता हूं इस सिलसिले में यदि ज्वाइण्ट सेक्रेटरी से भी परामर्श कर लिया जाए तो श्रेयस्कर होगा। उनके घर में पांच कुत्ते हैं।"

जब ज्वाइण्ट सेक्रेटरी के सामने यह सुझाव रखा गया तो वह चौकन्ना होकर कहने लगा, "साहब, जिन कुत्तों को मैं जानता हूं वे ऊंचे संयमी और ऊंचे खानदान के हैं। मैंने उनकी देख-भाल के लिए एक कर्मचारी रखा हुआ है। मेरे कुत्ते समय पर सोते हैं, समय पर जागते हैं, समय पर नहाते हैं, समय पर खाना खाते हैं, समय पर सैर को जाते हैं। अपनी सूझ-बूझ में वे लगभग इंसान हैं। ऐसे ऊंचे खानदानवाले कुत्तों की फमिली-प्लानिंग पर बहुत अधिक व्यय होगा।"

"अरे भाई!" डिप्टी मिनिस्टर बोले, "हम कोठियों के कुत्तों की बात नहीं करते। स्पष्ट है कि उन्हें किसी फेमिली-प्लानिंग की आवश्यकता नहीं है। चाहे वे इन्सान हों या कुत्ते, परन्तु यदि वे किसी कोठी या बंगले में रहते हैं तो इस प्लानिंग के अन्तर्गत नहीं आते। यहां बात बाज़ारू कुत्तों की हो रही है। मेरा मतलब कुत्तों की आम जनता से है।..."

"मेरा विचार है," ज्वाइण्ट सेक्रेटरी बोले, "अण्डर सेक्रेटरी साहब को बुला लिया जाए। मैं तो सिविल लाइन्स में रहता हूं। वे शहर में रहते हैं। बाज़ारू कुत्तों के बारे में उनकी जानकारी ज़्यादा होगी।"

अण्डर सेक्रेटरी जब इस कान्फ्रेंस में सम्मिलित हुए तो सुझाव सुनते ही उछल पड़े, क्योंकि जीवन में कई बार बुरी तरह कुत्तों से पिट चुके थे और एक बार हलवाई के कुत्ते ने उन्हें इस ज़ोर से काट लिया था कि अभी तक टखने के निकट उस घाव का निशान बाकी था।

"मेरा अनुमान है, इस अकेले शहर में दो लाख कुत्ते होंगे और

इतनी ही कुतिया होंगी। अब यदि एक कुतिया साल में पांच बच्चे भी दे और उसमें यदि तीन बच्चे भी ज़िन्दा रहें तो समझिए हर साल कुत्तों की संख्या दुगुनी हो जाती है। अजी साहब, मैं तो समझता हूं कि यदि इस शहर में कुत्ते इस रफ्तार से बढ़ते रहे तो दस साल की अवधि में इस शहर में कुत्तों की जनसंख्या इन्सानों की जनसंख्या से ज़्यादा हो जाएगी। हमें ज़रूर इस सिलसिले में तत्काल कोई कदम उठाना चाहिए। ज़रा सोचिए तो सही, इन लाखों कुत्तों पर कितना अनाज नष्ट होता है! कितनी बीमारियां फैलती हैं! कितनी सड़कें गन्दी होती हैं! कितने इन्सान हाइड्रोफोबिया से मर जाते हैं! कुत्ता इन्सान का सबसे बुरा दुश्मन है, हुज़ूर! मेरा तो अन्दाज़ा है सरकार, कि यदि कुत्तों की फेमिली-प्लानिंग कर दी जाए तो इन्सानों की फेमिली-प्लानिंग की आवश्यकता ही न रहे।"

"हेयर! हेयर!!" मन्त्री महोदय ताली बजाकर बोले, "मैं बिलकुल यही सोच रहा था और इसी विचार के अन्तर्गत मैंने तुम लोगों को इस कान्फ्रेंस में सम्मिलित किया था। मैं समझता हूं कि अब बात बिलकुल स्पष्ट और साफ हो चुकी है। और जैसाकि मैंने शुरू में सोचा था—हमें फौरन कुत्तों की फेमिली-योजना शुरू कर देनी चाहिए। और जैसाकि मैंने अभी कहा है कि यदि कुत्तों की फेमिली-प्लानिंग सफल हो गई, तो हमें इन्सानों की फेमिली-प्लानिंग की आवश्यकता ही न रहेगी। आप लोग इस ख्याल को दृष्टि में रखते हुए यह योजना शुरू कीजिए और सबसे पहले इस बारे में एक पेम्फलेट प्रकाशित कीजिए जिसके टाइटिल-पेज पर एक तरफ मेरा चित्र हो..."

"और दूसरी तरफ एक कुत्ते का!" डिप्टी मिनिस्टर ने सुझाव दिया।

मिनिस्टर ने घूरकर डिप्टी मिनिस्टर की तरफ देखा। फिर तत्काल

बोला, "आ...हां...इसकी कोई आवश्यकता नहीं। केवल मेरा चित्र ही पर्याप्त है।"

"किन्तु केवल एक पेम्फलेट प्रकाशित करने से काम नहीं बनेगा," मिनिस्टर ने सोचते हुए कहा, "इसके लिए हमें नया बजट स्वीकार करना पड़ेगा, नया स्टाफ रखना पड़ेगा। आखिर वही लोग, जो इन्सानों की फेमिली-प्लानिंग में काम करते हैं, कुत्तों की फेमिली-प्लानिंग में काम नहीं कर सकते, क्योंकि इन्सानों और कुत्तों की आदतों में बहुत ज़्यादा अन्तर होता है।"

"अब कुछ ऐसा अन्तर भी नहीं होता है," डिप्टी मिनिस्टर बोला, "दोनों ही अपने से कमज़ोर को देखकर भौंकते हैं और अपने से तगड़े को देखकर दुम हिलाने लगते हैं।"

"नहीं...नहीं...," मिनिस्टर ने बात काटते हुए कहा, "हमें इसके लिए नया बजट और नया स्टाफ रखना पड़ेगा और इससे ज़्यादा इस बात की ज़रूरत है कि इस योजना का इंचार्ज एक ऐसा आदमी हो जो कुत्तों के बारे में पूरी जानकारी रखता हो।"

अण्डर सेक्रेटरी तत्काल बोला, "मेरा एक भतीजा है।"

ज्वाइण्ट सेक्रेटरी बोला, "मेरा एक भानजा है।"

चीफ सेक्रेटरी बोला, "मेरा एक नवासा है।"

मन्त्री बोला, "मेरा एक दामाद है।"

फिर कोई नहीं बोला। मन्त्री ने अन्तिम सत्य कह दिया था और सत्य की हमेशा विजय होती है। इस कारण दूसरे ही दिन से मुझे नौकर रख लिया गया।

वे लोग बकवास करते हैं जो यह कहते हैं कि मुझे इसलिए नौकरी मिली कि मैं मन्त्री का दामाद था। मैं वास्तव में इस कार्य के लिए एकदम उपयुक्त आदमी हूं। एक तो मैं जानवरों का डॉक्टर हूं। जानवरों के

मनोविज्ञान के विषय में जितना ज्ञान मुझे है, और किसीको नहीं है। फिर मैं जानवरों की बोली भी समझता हूं। कुत्तों और बन्दरों से लेकर मच्छरों और मक्खियों तक की बोली समझता हूं। इस ज़माने में, जबकि बेटा बाप की बोली नहीं समझता है, आप सोच सकते हैं कि मेरा काम कितना कठिन है।

दो अर्दलियों, दो खलासियों, दो कम्पाउण्डरों और एक चलती-फिरती ऑपरेशन-गाड़ी से लैस होकर मैंने एक कुत्ते को गली के नुक्कड़ पर जा घेरा, जो एक कुतिया के पीछे-पीछे भागा जा रहा था।

कुत्ते ने हम सबकी तरफ ध्यान से देखा। अन्त में वह समझ गया कि इन सब में केवल मैं ही उससे बात करने का अधिकारी हूं। लिहाज़ा वह मुझीसे बोला, "तुम क्या चाहते हो?"

"मैं तुम्हारा ऑपरेशन करना चाहता हूं।" मैंने उसे उत्तर दिया।

"क्यों?"

"ताकि तुम बच्चे पैदा न कर सको।"

"हमारे बच्चों से तुम्हें क्या?" कुत्ते ने पूछा।

मैंने कहा, "उनके लिए हम भोजन कहां से लाएंगे? देखो, इस शहर में दो लाख कुत्ते हैं। अगले पांच वर्ष में दस लाख हो जाएंगे। अब हम इन दस लाख कुत्तों के लिए कहां से भोजन लाएंगे? अपने बच्चों का भी पेट भरना कठिन हो रहा है। इसलिए तुम्हारा ऑपरेशन तो ज़रूर होगा।"

"तो करो," कुत्ता बोला, "मैं कब मना करता हूं। यदि हमारे वंश-नाश से इन्सानों की संख्या सुरक्षित होती है तो कुत्ते इन्सान के लिए यह कुर्बानी भी दे देंगे। किन्तु तुम बेकार का यह बखेड़ा पाल रहे हो। कुत्तों को खत्म कर देने से तुम्हारा कोई भला न होगा।"

"वह कैसे?"

"कुत्तों को खत्म कर देने से बिल्लियों की संख्या बढ़ जाएगी, और

तुम्हें मालूम है, बिल्लियां कितनी जल्दी-जल्दी बच्चे देती हैं! और हम लोग तो कुत्ते हैं! तुम्हारी जूठन पर गुज़ारा कर लेते हैं! बिल्लियां तो सीधे तुम्हारे किचन में घुसकर दूध पी जाती हैं! कुछ मालूम भी है?"

कुत्ते ने बात तो उचित कही थी। चुनांचे जब मैंने यह बात अपने अफसरों के सामने रखी तो उन लोगों ने परामर्श करके तय किया कि कुत्ता ठीक कहता है। फिलहाल कुत्तों की फेमिली-प्लानिंग स्थगित करके बिल्लियों पर हमला किया जाए। चुनांचे मुझे नये आदेश, नया स्टाफ दिया गया। नया बजट स्वीकार किया गया, जिससे फिर एक नया पेम्फलेट चालू किया। नाम था—'बिल्लियों की फेमिली-योजना।'

आठ-दस दिन के प्रयत्नों के बाद हम एक मोटे-ताज़े बिल्ले को पकड़ने में सफल हो गए। वह पहले तो बहुत देर तक हमें देखकर गुर्राता रहा और पंजे निकाल-निकालकर घूरता रहा। अन्त में बेहद गुस्से से मेरी तरफ देखकर बोला, "मियां, हमें जानते नहीं हो! हमारी जो बेगम हैं, वे शिक्षा मन्त्री की पालतू बिल्ली हैं। अपनी नौकरी चाहते हो तो हमें फौरन छोड़ दो, वर्ना शिकायत कर दूंगा।"

मुझे भी क्रोध आ गया। मैंने कहा, "मियां बिल्ले, तुम हो किस खयाल में! यदि तुम्हारी बीवी एक मन्त्री की बिल्ली है तो मैं खुद एक मन्त्री का दामाद हूं। मैं तुम्हारे मन्त्री का दबैल नहीं हूं जो तुम से डर जाऊंगा।"

इसपर वह घमण्डी बिल्ला ढीला पड़ा। और बोला, "आखिर तुम चाहते क्या हो?"

इसपर मैंने उसे अपनी स्कीम समझाई। स्कीम सुनकर वह बोला, "तो तुमने इन्सानों की फेमिली-प्लानिंग को कुत्तों की फेमिलीप्लानिंग में बदल दिया। और अब कुत्तों की फेमिली-प्लानिंग को बिल्लियों की

फेमिली-प्लानिंग में बदल रहे हो, ताकि हमारे बच्चे तुम्हारा भोजन न खा जाएं!"

"बिलकुल ठीक कहते हो तुम। यही हमारा खयाल है।" मैंने उस घमण्डी बिल्ले को नर्मी से समझाते हुए कहा, "हम तुम्हारी जान नहीं चाहते, केवल ऑपरेशन चाहते हैं। हम तो अहिंसावादी हैं। इस ऑपरेशन से तुम्हें केवल दो मिनट का कष्ट होगा। और इसके बाद आठ दिन तक तुम्हें प्रतिदिन एक गोली खानी होगी—बासी मुंह, नाश्ते से पहले।"

"बहुत अच्छा," बिल्ला बोला, "इन्सानों की जनसंख्या के सुरक्षित भविष्य के लिए हम लोग अपने बच्चों का भविष्य खत्म करने के लिए तैयार हैं। परन्तु याद रखो कि यदि तुमने हमें खत्म कर दिया तो तुम्हारे बच्चों का भविष्य पहले से अधिक खतरे में पड़ जाएगा।"

"अरे! वह कैसे?" मैंने घबराकर बिल्ले से पूछा।

वह बोला, "अरे मूर्ख! यह नहीं सोचते कि यदि इस दुनिया में बिल्लियां न होंगी तो चूहों का क्या होगा! आज भी इन्सान की खुराक का चौथा भाग चूहे खा जाते हैं और इसके बदले में क्या देते हैं तुम्हें? प्लेग और दूसरी दस बीमारियां! सोचो और गौर करो! यदि इस शहर में बिल्लियां न हों तो एक वर्ष में एक करोड़ चूहे बढ़ जाएं।"

"यह तो तुम ठीक कहते हो।" मैंने स्वीकार करते हुए कहा।

"यदि तुम जानवरों की ही फेमिली-योजना चालू करना चाहते हो तो पहले चूहों से ही शुरू करो!" बिल्ले ने मुझे समझाया।

और जब इस बुद्धिमान बिल्ले की बात मैंने मन्त्रीजी को समझाई तो वे फौरन कुरसी से उछल पड़े और बोले, "बिलकुल ठीक! मैं खुद भी यही सोच रहा था।"

चुनांचे इस बार फिर हम लोगों ने अपनी स्कीम बदल दी। फिर से

नया स्टाफ रखा गया, नया बजट पास किया गया, नया पेम्फलेट छापा गया। किन्तु अब की हम लोग बहुत विश्वास से भरे थे कि इस बार हम लोग बिलकुल ठीक रास्ते पर जा रहे हैं। अब सब काम कायदे से होगा और जल्दी होगा।

किन्तु जल्दी ही हमें मालूम हो गया कि इस काम में बहुत कठिनाई है। सबसे पहले तो हमारा झगड़ा म्युनिसिपल कमेटी के कर्मचारियों से हुआ। जब हमारे स्टाफ के लोग चूहे पकड़ने गए, ताकि उनका ऑपरेशन किया जा सके तो हमें मालूम हुआ कि शहर के तमाम चूहे तो म्युनिसिपल कमेटी के कब्ज़े में हैं और हमारा तो उनपर कोई हक नहीं है। और जब तक म्युनिसिपल कमेटी आज्ञा नहीं देगी हम कानूनी तौर पर एक चूहे का भी ऑपरेशन नहीं कर सकते। इसपर हमें बहुत क्रोध आया और हमारे विभाग के मन्त्री ने कारपोरेशन के मेयर को लिखा। इस प्रकार कई महीने गुज़र गए। कारपोरेशनवाले चाहते थे कि शहर के चूहे हमारे हवाले न किए जाएं, बल्कि सीधे-सीधे मार दिए जाएं जैसाकि अब तक होता आया था। और हम—फेमिली-योजनावाले—चाहते थे कि चूहों को जान से मारने के बजाय उनका ऑपरेशन कर दिया जाए ताकि और चूहे पैदा न हो सकें और हमारी योजना सफल हो।

डेढ़ वर्ष तक यह झगड़ा चलता रहा। अन्त में ऊपर से यह निर्णय हुआ कि पहले कारपोरेशन चूहों को जान से मार दे। बाद में वे चूहे हमारे हवाले कर दिए जाएं ताकि हम उनका ऑपरेशन कर दें। ऊपरवालों ने दोनों महकमों की बात रख ली थी। किन्तु मुर्दा चूहों का ऑपरेशन करना बेकार होता। इससे हमारी योजना खतरे में पड़ जाती। लिहाज़ा हमारे मन्त्रीजी ने मुझे बुलाकर समझाया, "बेटा! झगड़ा करने से क्या लाभ? शहर का मेयर भी अपना आदमी है। यह उसकी प्रेस्टीज का मामला है।

यदि वह शहर के चूहे अपने पास रखना चाहता है तो रख ले। तुम देहात में जाओ। मैंने सुना है कि गांव में चूहे होते हैं!"

"होते तो हैं," मैंने कहा, "किन्तु शहर से डबल होते हैं, बड़े होते हैं और लड़ैत होते हैं। मुझे इसके लिए और स्टाफ चाहिए।"

"और स्टाफ भी ले ले।"

"गांव में जाने के लिए दो जीपें चाहिए।"

"दो जीपें भी ले ले! किन्तु अब शहर के चूहों का खयाल छोड़ दे और देहात के चूहों की तरफ रुख कर!"

मैंने कहा, "शहर के चूहे बड़े सभ्य होते हैं। फेमिली-योजना की बात बहुत जल्दी उनकी समझ में आ जाती है। किन्तु अब इन गंवार, देहाती चूहों को समझाने के लिए मुझे अधिक प्रोपेगेण्डा करना पड़ेगा।"

"एक और नया पेम्फलेट छपा ले तू! इन दिनों मेरा एक नया चित्र आया है।" मन्त्री ने मुझे प्यार से समझाते हुए कहा।

एक दिन जब सामान पूरा और तैयार हो गया तो हम लोग कील-कांटे से लैस होकर बाहर देहात में चूहों की फैमिली-योजना शुरू करने के लिए गए। परन्तु गांववालों ने हमें खेतों के नज़दीक भी न जाने दिया। वहीं सड़क के किनारे रोक दिया और लाठियां लेकर खड़े हो गए।

उनका सरदार बोला, "चूहों की फेमिली-योजना! क्या मूर्ख हो? जानते नहीं हो कि यदि चूहे हमारे खेतों में न रहें तो खेतों की आधी उपज कीड़े-मकोड़े खा जाएं? ये तो चूहे हैं जो दिन-रात हमारे खेतों में बिल बनाकर इन कीड़े-मकोड़ों को खाते रहते हैं और हमारी फसल को तबाही से बचाते रहते हैं। हम उनकी फेमिली-योजना न होने देंगे। हरगिज़-हरगिज़ न होने देंगे! भाग जाओ!"

'अजीब मुसीबत है!' मैंने अपने दिल में कहा, 'यदि हम कुत्तों की

प्लानिंग करते हैं तो बिल्लियां बढ़ जाती हैं। बिल्लियों का रोकथाम करते हैं तो चूहे बढ जाते हैं। चूहों को खत्म करते हैं तो कीड़े-मकोड़े बढ़ जाते हैं। करें तो क्या करें!'

हम वहां से भाग चले। किन्तु किसीके डराने-धमकाने से भला हमारी फेमिली-योजना का काम रुक सकता है! यह तो सरकारी काम है और हमेशा होता रहेगा। एक योजना न होगी तो उसके स्थान पर दूसरी योजना होगी।

चुनांचे हमारे विभाग की तरफ से बहुत जल्दी कीड़ों की फेमिली-योजना शुरू होनेवाली है। इसका सबसे बड़ा सबूत यह है कि हमारे विरोधियों ने अभी से दांव-पेच दिखाने शुरू कर दिए हैं। कृषि-विभाग ने एक ज़बर्दस्त प्रोटेस्ट-नोट में लिखा है कि वे रेशम के कीड़ों की फेमिली-योजना कभी न होने देंगे और बहुत-से सरकारी अफसरों ने इसको मान्यता दी है, शायद यह सोचकर कि सरकारी अफसर भी एक तरह से रेशम के कीड़े ही होते हैं।

किन्तु भला किसीके डराने-धमकाने से हमारी फेमिली-योजना का काम रुक सकता है! नया पेम्फलेट छप रहा है, नया बजट पास हो चुका है, नया स्टाफ रखा जा चुका है और इस वर्ष मैंने भी अपना वेतन खास तौर पर बढ़ा लिया है, क्योंकि मेरे घर में खुशी होनेवाली है।

अमानुषिक क्रूरता व अत्याचार

ATROCITIES BY S. S. MEN

Victim's Account At Eichmann T[illegible]

JERUSALEM, [illegible] who escaped death [illegible] S[illegible] had forced hi[illegible] dig his own grave, told the court trying Adolf Eichmann today how he later helped search for his own body.

Dr. Leon W. Well[illegible] [illegible]ore American [illegible] from [illegible] New Jersey [illegible] day that [illegible] he [illegible] shot he was [illegible] back to his concentration [illegible] ov, in the Ukraine, to fetch the body of an other inmate who had been [illegible] dead. While doing so he managed to escape.

Today, after the court had overruled a defence objection, he told of the activities of a Special S.S Unit formed towards the end of World War II to wipe out the evidence of the mass murders committed by the Nazis.

After his escape Dr Wells was arrested again and put into a "death brigade" used for this work. One day they were ordered to remove traces of a mass burial of 182 people.

Th[illegible] [illegible]tics. The [illegible] court audi[illegible] [illegible]ened. Eichmann pursed his lips and looked towards the witness opposite him.

DEATH BRIGADE

Dr. Wells [illegible] "death brigade" [illegible] to march to work with a man [illegible] "c[illegible] like a devil in a [illegible] uniform, with a [illegible]

He went [illegible] of [illegible] together with his two young [illegible], one 16 and one 18. They were shot and he was put into the death brigade.

"An hour later, while they were still warm, he had to put them into the fire."

Asked how long a man was normally kept in the "death brigade," Dr. Wells said: "We were told that after eight or ten days we had to be exchanged. We would be shot and another group would come."—Reuter

खाली कब्र

खिज़ां के पहले दिन थे।

सुबह का मैला कुहरा कैदियों की बैरकों पर छाया हुआ था। ठंडी हवा में किसा गन्दी गाली की सी तेज़ी और तल्खी थी। लिंडेन के पेड़ों के आखिरी पत्ते सिर झुकाए अपनी अन्तिम घड़ी की प्रतीक्षा में थे और इंसानी लाशों को जलानेवाली भट्ठियां धीरे-धीरे धूआ उगल रही थीं।

लियोन ने अपनी कब्र खोदते-खोदते सिर उठाकर पोपलर के लम्बे पेड़ों की कतारों को देखा, जिनके श्वेतवर्ण तनों से यहूदी कैदियों को बांधकर गोली मार दी जाती थी। एक क्षण के लिए उसकी सांस बन्द पक्षी की तरह उसके सीने के पिंजरे में रुकी, फिर घुटकर आह के रूप में बाहर निकल आई। उस ठिठुरी हुई सांस से उसकी छाती दहल गई, मगर गश्त करते हुए नाज़ी सिपाहियों की चाप में किसी तरह का कम्पन पैदा न हुआ। वे उसी पाबन्दी और मज़बूती से उन यहूदी कैदियों के चारों ओर गश्त करते रहे, जिन्हें आज गोली मारी जानेवाली थी और जो उस वक्त नाज़ी सिपाहियों की निगरानी में कुदालें और बेलचे लिए अपनी-अपनी कब्र खोद रहे थे।

लियोन की नज़र पोपलर के पेड़ों से भी ऊपर मैले कुहरे में घुलती हुई धुएं की उस लकीर को देखने लगी, जो कल तक किसीकी महबूबा की महकती हुई सांस थी, किसी मासूम बच्चे की मुस्कान थी, किसी मुहब्बत करनेवाले वैज्ञानिक और बुद्धिजीवी का दिमाग था। आज उन सबकी

जगह धुएं की एक लकीर थी, जो जलनेवाली भट्ठियों की चिमनियों से निकलकर वायु मण्डल में बिखर चली थी।

जब कब्रें काफी गहरी हो चुकीं तो नाज़ी सार्जेण्ट ज़ोर से चिल्लाया, "काम बन्द करो!"

सारे कैदियों ने अपनी कब्रों के सामने कुदालें और बेलचे रख दिए और अटेंशन होकर खड़े हो गए।

"फार्वर्ड मार्च!" नाज़ी सार्जेण्ट बड़े कठोर स्वर में चिल्लाया।

लियोन के कदम यंत्रवत् पोपलर के पेड़ों की ओर बढ़ने लगे, जहां कुछ मिनट बाद उसे गोली मारी जाएगी। वह धीरे-धीरे अपनी मौत की तरफ बढ़ने लगा। उसके पीछे दूसरे यहूदी कैदी थे जो जगह-जगह से लाकर ल्वोव के नाज़ी जेलखाने में बन्द किए गए थे। उनमें उसका दोस्त और साथी अब्राहम था, जो उसकी तरह ही वैज्ञानिक था और पोलैण्ड से लाया गया था, जहां पर वह कैंसर के रोग पर रिसर्च कर रहा था। सफेद दाढ़ीवाला बूढ़ा अब्राहम आज तक यह न समझ सका था कि उसे किस अपराध के दण्ड में गोली मारी जा रही है। वह हौले-हौले मासूम बच्चों की तरह रोता हुआ आगे बढ़ रहा था। उसके पीछे उसकी दो नौजवान लड़कियां, एथेल और रोज़ा, सोलह और अठारह साल की कुंआरियां, सिर ऊंचा किए, निडर भाव से चल रही थीं। उनके पीछे और यहूदी थे, जो दूसरी बैरकों से लाए गए थे और जिन्हें लियोन पहचानता न था। सबसे आखिर में उसकी महबूबा जेन थी। काश, ये नाज़ी सिपाही इतनी-सी मेहरबानी से काम लेते कि उसकी महबूबा को उसके साथ-साथ मौत की तरफ आखिरी घड़ियों में चलने देते! लेकिन नाज़ियों ने उसकी यह मामूली-सी प्रार्थना भी ठुकरा दी थी। सबसे आखिर में तीन साल का एक बच्चा चल रहा था, जिसके यहूदी मां-बाप को दो दिन हुए गोली का निशाना बना दिया गया था। वह बच्चा अपना एक हाथ जेन के हाथ

में दिए और दूसरे हाथ का अंगूठा अपने मुंह में चूसता हुआ चल रहा था—अपनी ज़िन्दगी के अंजाम से बेखबर।

एकाएक चलते-चलते लिंडेन के नीचे से गुज़रते हुए कहीं दूर ऊपर की शाखों में एक पत्ता खड़खड़ाया और तेज़ हवा के झोंके से टूटकर ज़मीन पर आ गिरा।

नन्हे बच्चे ने जल्दी से अपना हाथ छुड़ा लिया और ज़मीन पर लुढ़कते हुए पत्ते की तरफ भागने लगा। जेन ने उसे रोकना चाहा, दूसरे कैदियों ने भी उसे आवाज़ें दीं, मगर खिलखिलाता हुआ बच्चा लाइन तोड़कर हरे पत्ते की तरफ भागता जा रहा था। पत्ता आगे-आगे लुढ़कता जा रहा था और बच्चा उसके पीछे-पीछे भागता जा था। आखिरकार खुशी से चीखते हुए उस बच्चे ने झपटकर उस पत्ते को अपने हाथों में दबोच लिया।

ठीक उसी समय उसकी पीठ पर एक गोली लगी और वह वहीं ज़मीन पर गिर गया।

उसके हाथों में वही हरा पत्ता था और यह आखिरी पत्ता था, जो तीन साल के बच्चे ने अपनी आंखों से देखा।

यहुदी कैदियों की कतार में गम और गुस्से की लहर दौड़ गई। मगर नाज़ी सिपाही राइफलें ताने उनके बिलकुल पास आ गए और बेबस और मजबूर कैदी सिर झुकाकर फिर पोपलर के पेड़ों की तरफ बढ़ने लगे।

लियोन के बिलकुल करीब बूढ़े वैज्ञानिक अब्राहम को बांधा गया। सबसे आखिर में जेन को बांधा गया—जेन, जो उसकी महबूबा थी, भूरी आंखोंवाली, बहादुर जेन, जिसके होंठों पर सुर्ख लिपस्टिक चमक रही थी। यह किसी नखरेवाली औरत की अदा नहीं थी, यह मौत के खिलाफ एक मासूम और बहादुर लड़की की विद्रोह की घोषणा थी।

जब सब यहूदी पेड़ों से बांध दिए गए तो नाज़ी सिपाहियों ने अपनी-अपनी जगहों पर खड़े होकर राइफलें तान लीं।

ठीक उसी समय एक सिपाही भागता हुआ आया और सार्जेण्ट से कहने लगा, "लाशें जलानेवाली भट्ठियों पर एक आदमी कम पड़ गया है, और नये कैदी तो कल आएंगे।"

सार्जेण्ट ने हाथ के इशारे से सिपाहियों को गोली मारने से रोक दिया और खुद घूरकर पेड़ों से बंधे हुए एक-एक कैदी को देखने लगा। हर कैदी उसकी निगाहों के नीचे कांप रहा था। यह सार्जेण्ट एक को एक दिन की ज़िन्दगी दे सकता है! जाने वह कौन भाग्यशाली होगा!

सार्जेण्ट की वह कठोर दृष्टि सब कैदियों पर से फिसलती हुई आखिर में लियोन के चेहरे पर रुक गई।

लियोन ने चिल्लाकर कहा, "नहीं, नहीं सार्जेण्ट, मुझे नहीं! यह दिन तुम जेन को दे दो, अब्राहम को दे दो!"

"एक ही तो दिन है!" नाज़ी सार्जेण्ट ने बेहद घृणा के साथ कहा।

'एक ही तो दिन है।' लियोन सोचने लगा, 'मगर एक दिन में कितनी सांसें होती हैं, कितने मिनट, कितने सैकण्ड, कितने खयाल, कितनी कल्पनाएं! एक दिन के गर्भ में कितनी आरज़ुएं, कितनी हसरतें, कितने फूल, कितनी कलियां खिल जाती हैं! एक दिन पूरा जीवन, पूरी शताब्दी, पूरा इतिहास बन सकता है। मगर अंधी चेतना की पथरीली घाटियों में गश्त करता हुआ नाज़ी सिपाही क्या जाने कि एक दिन क्या होता है!'

लियोन ने उसी क्षण खड़-खड़े यों सोचा और याचना-भरी दृष्टि से सार्जेण्ट की तरफ देखने लगा।

मगर नाज़ी सार्जेण्ट ने उसकी यह प्रार्थना भी ठुकरा दी। "जेन एक कमज़ोर लड़की है," वह बोला, "और अब्राहम बूढ़ा है। लाशें

जलानेवाली भट्ठी पर एक मज़बूत आदमी की ज़रूरत है।...विलियम!" नाज़ी सार्जेण्ट ने दहाड़कर अपने एक सिपाही से कहा, "लियोन की रस्सियां खोल दो।"

कुछ मिनट बाद वह भट्ठी नं० 4 पर काम करने लगा। लाशें जलानेवाली भट्ठियां कनसेंट्रेशन-कैम्प के पश्चिमी सिरे पर थीं। और उनसे पचास-साठ गज़ की दूरी पर जेलखाने का लोहे का जंगला था। उस जंगले के बाहर भी चारों तरफ नाज़ी सिपाही पहरा देते और गश्त करते थे। मगर आज कुहरा इतना गहरा था कि लोहे के जंगले का टेढ़ा-मेढ़ा जाल आधे से ज़्यादा कुहरे में डूबा हुआ दिखाई देता था और नाज़ी सिपाहियों के चेहरे कुछ क्षण के लिए उसी कुहरे में डूबकर उभरते और फिर उसी कुहरे में खो जाते थे।

पचास गज़ की दूरी पर आज़ादी है। लियोन भट्ठी में लाशें झोंकते-झोंकते सोचने लगा—सिर्फ पचास गज़ की दूरी पर! उसके साथ दो नाज़ी सिपाही भी काम कर रहे थे और तीन यहूदी कैदी।

वह हरा पत्ता फिर लियोन की आंखों में लहराने लगा, जैसे उसे अपने पास बुला रहा हो, जीवन का सन्देश दे रहा हो।

मगर यह कैसे मुमकिन हो सकता है? लियोन काम करता रहा और सोचता रहा। फिर भट्ठी नं० 3 में कोई खराबी पैदा हो गई और एक नाज़ी सिपाही मदद के लिए वहां चला गया।

अब सिर्फ एक नाज़ी सिपाही था और चार यहूदी कैदी थे। उन सब कैदियों ने कनखियों से एक-दूसरे की तरफ देखा, जैसे एक ही खयाल एक ही वक्त में उन चारों को आया हो। आंखों ही आंखों में इशारे हुए और वे सब कैदी अब पहले से भी ज़्यादा मेहनत और लगन से काम करने लगे और काम करते-करते नाज़ी सिपाही के निकटतर होते गए।

नाज़ी सिपाही ने एक क्षण के लिए भट्ठी के अन्दर झांककर देखा और कहा, "बस ठहर जाओ, अब अन्दर जगह नहीं है।"

ठीक उसी समय लोहे के पंजे की तरह एक मज़बूत हाथ ने उसके मुंह को बड़ी सख्ती से ढंक दिया। उस नाज़ी सिपाही के मुंह से चीख तक न निकल सकी। फिर उन सब कैदियों ने उसे उठाकर भट्ठी में झोंक दिया और बाहर से दरवाज़ा बन्द कर दिया।

फिर वे सब पचास गज़ की दूरी पर लोहे के जंगले की तरफ भागे।

धुन्ध गहरी और मोटी थी। कुहरा मैला और गन्दा था। लोहे के तारों के जाल से कैदी मछलियों की तरह निकल-निकलकर भागने लगे। इतने में गश्त करने वाले सिपाही ने उन्हें देख लिया। खतरे का साइरन ज़ोर-ज़ोर से बजने लगा। राइफलें ताने नाज़ी सिपाही दौड़ने लगे और चारों तरफ हल्ला हो गया।

लियोन गहरी धुन्ध में भागा जा रहा था। उसके दायें-बायें संनसनाती हुई कई गोलियां निकल गई। मगर वह एक ही दिशा में भागता रहा। पश्चिम की ओर फर के पेड़ों का एक बहुत बड़ा जंगल था। अगर वह किसी तरह वहां तक पहुंच जाए!

जंगल के अन्दर दूर तक जाकर वह घास पर गिर पड़ा, फिर कुछ क्षण के बाद उसे कुछ होश न रहा कि वह कहां पर है। अब उसे सिर्फ इतना याद था कि बेहोश होने से पहले उसके क्षितिज पर एक हरा पत्ता चमका था।

कई महीने तक वह एक रूसी किसान के घर में छिपा रहा। उस ज़माने में नाज़ियों के आधिपत्यवाले इलाके में किसी यहूदी को शरण देने की सज़ा मौत थी। मगर उस बहादुर किसान ने बड़ी दिलेरी से इस खतरे का मुकाबला किया और लियोन को अपने घर में शरण दी। फिर जब लगातार रूसी हमलों से नाज़ी फौजें यूक्रेन से भागने पर मजबूर हो गईं

तो वापस जाते हुए सारे बचे-खुचे गांवों और उनके घरों को जलाते-लूटते और तबाह करते हुए पीछे हटने लगीं। नाज़ी फौजों के भागते समय लियोन दुर्भाग्य से फिर पकड़ा गया। नाज़ियों ने उसे शरण देनेवाले रूसी किसान को उसी समय गोली से उड़ा दिया और लियोन को फिर ल्वोव के नाज़ी जेलखाने में भेज दिया।

मगर इस बार जेलखाने में किसीने लियोन को नहीं पहचाना। एक तो कई महीनों की बढ़ी हुई दाढ़ा उसके चेहरे पर थी। लगातार मुसीबतें झेलने और भूखे रहने के कारण उसका स्वास्थ्य गिर गया था। जेलखाने का ढंग भी अब बदल चुका था। यूक्रेन से पीछे हटते समय हिटलर ने हुक्म दिया था कि कनसेंट्रेशन-कैम्पों के सारे निशान मिटा दिए जाएं ताकि दुनिया को हिटलरशाही के अत्याचारों का सबूत न मिल सके।

नाज़ी सार्जेण्ट काएटेल एक फेहरिस्त लेकर लियोन के पास आया और बोला, "जोज़ेफ! (क्योंकि लियोन ने अब की अपना नाम बदल दिया था) तुम्हारे ग्रुप में दस यहूदी हैं और इस फेहरिस्त में 182 यहूदी कैदियों के नाम हैं जिन्हें सिलसिलेवार 182 कब्रों में गाड़ा गया है। तुम लोगों को हर कब्र को खोदना होगा और पहचान के लिए हर लाश के साथ कब्र में जो काड दफन है उसे निकालकर फेहरिस्त से चैक करना होगा, और चैक करने के बाद गड़े मुर्दे की लाश को बाहर निकालकर भट्टी में जला देना होगा और उस कब्र को इस तरह पाट देना होगा कि उसका नाम-निशान भी किसीको न मिले और यह सब काम चार दिन में खत्म कर देना होगा।"

"चार दिन तो बहुत कम होंगे, साहब!" जोज़ेफ यानी लियोन ने सिर झुकाकर बड़ी विनम्रता से कहा।

"तो एक दिन और ले लो! एक दिन और क्या होता है!" सार्जेण्ट

काएटेल ने बड़ी लापरवाही से कहा।

'एक दिन और!' लियोन ने बड़े ध्यान से सोचा।

मगर लियोन को ज़्यादा सोचने का मौका न मिला। वे लोग बहुत जल्दी कब्रें खोदने और खोदकर लाशें निकालने और निकालकर उन्हें जलाने के काम में लगा दिए गए।

पहला दिन इस काम में गुज़र गया, फिर दूसरा दिन भी गुज़र गया। फिर उस रात जाने क्या हुआ कि नाज़ी सार्जेण्ट ने लियोन के ग्रुप के तमाम कैदियों को जगाकर ज़मीन भरने के काम पर लगा दिया, हालांकि वे दिन-भर काम कर चुके थे और रात को कभी काम न होता था। मगर नाज़ी सार्जेण्ट बेहद बौखलाया हुआ और डरा हुआ मालूम होता था। शायद मोर्चे पर से कोई बहुत बुरी खबर आई होगी।

वे लोग रात-भर कब्रों पर काम करते रहे। जो कैदी थक जाता था उसे नाज़ी सिपाही राइफल के कुन्दे से मार-मारकर फिर से काम कराते थे, जैसे उनके सिर पर भूत सवार हो। काम कराते-कराते नाज़ी सिपाही भयभीत निगाहों से पीछे देख लेते।

हौले-हौले सब कब्रें सपाट हो गईं। अब सिर्फ चार कब्रें बाकी रह गईं। सार्जेण्ट काएटेल फेहरिस्त देखकर बोलने लगा।

"अब्राहम एहरेनबुर्ग!"

"मुर्दा मौजूद है।" एक कैदी खुली कब्र को देखकर बोला।

"एथेल एहरेनबुर्ग।"

"मुर्दा मौजूद है।"

"रोज़ा एहरेनबुर्ग!"

"मुर्दा मौजूद है।"

"लियोन वेल्ज़?" सार्जेण्ट काएटेल ने फेहरिस्त का आखिरी नाम पढ़ते हुए पूछा।

"कब्र खाली है।" लियोन ने कब्र देखकर जवाब दिया।

"कब्र खाली है? कैसे खाली है?" सार्जेण्ट काएटेल आश्चर्य से बोला।

नाज़ी सार्जेण्ट कब्र के चारों तरफ घूमा। फिर बड़ी निराशा से बोला, "यह कैसे मुमकिन हो सकता है! नाज़ी फेहरिस्त में कोई गलती नहीं हो सकती। सबको हमने मारा, सबको हमने गाड़ा। मुर्दा यहां मौजूद होना चाहिए!"

"मगर मुर्दा यहां मौजूद नहीं है।" लियोन के स्वर में व्यंग्य की हल्की लहर थी।

"तो फिर मुर्दा कहां गया?" काएटेल सोचने लगा, मुर्दा खुद चल नहीं सकता, मुर्दा भाग नहीं सकता। फिर मुर्दा कहां गया? बोला, "जल्दी बताओ, वरना तुम सबको गोली मार दूंगा!" सार्जेण्ट काएटेल ने गुस्से से राइफल तान ली। सारे कैदियों के चेहरे डर से सूख गए, सिवाय लियोन के।...

लियोन ध्यान से पूरब की ओर देख रहा था, जहां से रोशनी का लावा उबल रहा था। लेकिन यह सुबह की रोशनी न थी। बढ़ती हुए रूसी फौजों का लावा था।

"जल्दी बताओ!...मुझे बेवकूफ मत बनाओ!" नाज़ी सार्जेण्ट बोला। उसकी आवाज़ में भय का कम्पन था, "भला मुर्दा खुद चलकर कहीं गायब हो सकता है!"

लियोन एक क्षण के लिए खामोश रह गया। दूसरे क्षण में सारी फिज़ा आग और बारूद के धमाके से गूंज उठी। ल्वोव के कैम्प के चारों तरफ रूसी फौजों का धावा हो गया। नाज़ी सिपाही भय और आतंक से इधर-उधर भागने की कोशिश करने लगे। सार्जेण्ट काएटेल भी एक तरफ को भागने लगा, मगर लियोन ने उसे गरदन से पकड़ लिया। उसकी राइफल हथिया ली और उसे ज़बरदस्ती अपनी खाली कब्र के पास लाकर बोला,

"सार्जेण्ट काएटेल! नाज़ियों की फेहरिस्त में एक ही गलती बाकी रह गई! वे मनुष्य की स्वतन्त्रता की भावना को भूल गए। वे यह भूल गए कि मुर्दे भी चलकर वापस आ सकते हैं, और एक दिन में तारीख भी बदल सकती है। सार्जेण्ट काएटेल! मैं जोज़ेफ नहीं हूं, मैं लियोन वेल्ज़ हूं! गौर से इस खाली कब्र को देखो, जो मेरी लाश के लिए खोदी गई थी। जानते हो सार्जेण्ट काएटेल, यह कब्र खाली क्यों है?"

"नहीं!" सार्जेण्ट काएटेल ने कहा।

लियोन ने सिर ऊंचा करके पूरब की तरफ देखते हुए कहा, "अब इस खाली कब्र में नाज़ीवाद दफन किया जाएगा!"

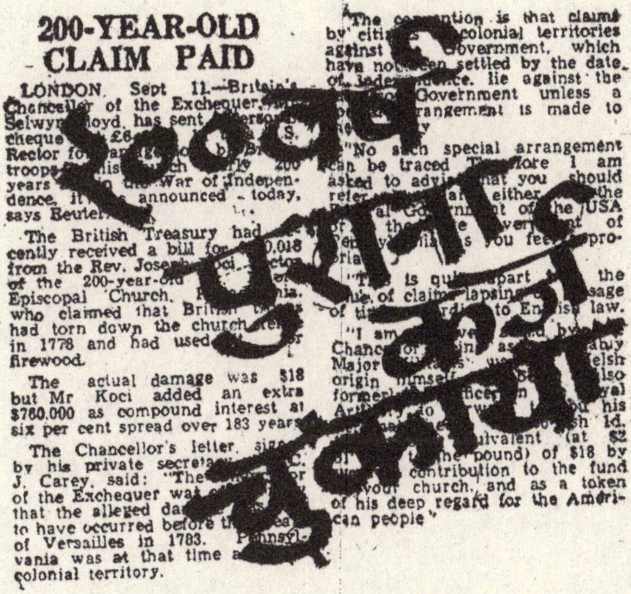

200-YEAR-OLD CLAIM PAID

LONDON, Sept 11.—Britain's Chancellor of the Exchequer, [illegible] Selwyn [illegible]loyd, has sent [illegible] cheque [illegible] £6[illegible] S. Rector fo[illegible] b[illegible] Br[illegible] troops [illegible] his [illegible] church [illegible] 200 years [illegible] War of Independence, it [illegible] announced today, says Reuter.

The British Treasury had [illegible] cently received a bill for [illegible]0,018 from the Rev. Joseph [illegible]oci, [illegible] of the 200-year-old [illegible] Episcopal Church, [illegible] who claimed that British [illegible] had torn down the church [illegible] in 1778 and had used [illegible] firewood.

The actual damage was $18 but Mr Koci added an extra $760,000 as compound interest at six per cent spread over 183 years.

The Chancellor's letter, sig[illegible] by his private secreta[illegible] C. J. Carey, said: "The [illegible] of the Exchequer wa[illegible] that the alleged da[illegible] to have occurred before t[illegible] of Versailles in 1783. Pennsylvania was at that time a colonial territory.

"The co[illegible]ntion is that claims by citi[illegible] colonial territories against [illegible] Government, which have no[illegible] settled by the date of inde[illegible] lie against the [illegible] Government unless a [illegible] arrangement is made to [illegible]

"No such special arrangement can be traced. Therefore I am asked to advi[illegible] that you should refer [illegible] either [illegible] the Federal Government of the USA or [illegible] Government of Pennsylvania as you feel appropriate.

"This is qui[illegible] apart [illegible] the [illegible] of claim lapsing [illegible] sage of ti[illegible] to English law.

"I am [illegible] by [illegible] Chancellor [illegible] Major [illegible] Welsh origin himself [illegible] also formerly [illegible] officer [illegible] Royal Artillery [illegible] you his [illegible] 1d. [illegible] equivalent (at $2 [illegible] the pound) of $18 by [illegible] contribution to the fund [illegible] your church, and as a token of his deep regard for the American people."

पुराना कर्ज़ा

आज से दो सौ साल पहले अंग्रेज़ी फौजों ने अमरीका की आज़ादी की लड़ाई के दिनों में फिलेडेल्फिया के एक गिरजाघर की इमारत को नुकसान पहुंचाया था। इस सिलसिले में कुछ महीने हुए उसी गिरजाघर के पादरी जोज़ेफ कौसी ने इंग्लैंड से हरजाने की रकम तलब कर ली। दो सौ साल के बाद!...और अब दो सौ साल के बाद इंग्लैंड के चांसलर ऑफ एक्सचेकर मिस्टर सेल्विन लायड ने उस गिरजे के पादरी को एक बहुत अच्छा-सा खत लिखा है और हरजाने के तौर पर छः पौंड आठ शिलिंग और एक पेंस की रकम अदा की है।

यह खत दुनिया के तमाम अखबारों में छप चुका है और दुनिया के चारों कोनों में अंग्रेज़ों की सचाई और न्याय की धूम मच गई है। लोग कहते हैं कि इस दुनिया में जबकि भाई भाई का कर्ज़ा अदा नहीं करता, आज भी एक कौम ऐसी बाकी है जो अपना कर्ज़ा पाई-पाई करके चुका देती है। और वह है अंग्रेज़ कौम!

दो सौ साल पुराना कर्ज़ा चुकाकर मिस्टर सेल्विन लायड ने अंग्रेज़ी शराफत की वह मिसाल कायम की है जिसका दूसरा उदाहरण मिलना मुश्किल है। हिन्दुस्तान में मिस्टर सेल्विन लायड के खत का बहुत काफी असर हुआ है और सबसे ज़्यादा असर मुझपर हुआ है। जब मैंने अखबारों में यह खत पढ़ा तो मैं अंग्रेज़ी शासन के मानव-प्रेम और शरीफ स्वभाव का कायल हो गया। मेरी आंखों में आंसू आ गए और मैं दो घण्टे तक रोता रहा। फिर मैं आंसू पोंछकर अपनी गन्दी खोली से बाहर निकला

और अखबार से यह खबर काटकर कुछ लोगों से मिलने चला गया। इन मुलाकातों का नतीजा अब तक यह निकला कि सिर्फ हमारे मुल्क हिन्दुस्तान से सैकड़ों लोगों ने मिस्टर सेल्विन लायड को मुबारकबाद के खत लिखे हैं। ये खत दुनिया के किसी अखबार में नहीं छपे। ये खत पहली बार आपकी सेवा में प्रस्तुत कर रहा हूं। जगह की कमी के वजह से सारे खत तो नहीं छापे जा सकते, नमूने के तौर पर केवल कुछ खत पेश करता हूं।

पहला खत

पांडे शुभवचन शर्मा की ओर से मिस्टर सेल्विन लायड के नाम

जयरामजी की! आज से दो सौ साल पहले अंग्रेज़ों ने फिलेडेल्फिया के एक गिरजाघर की इमारत को जो नुकसान पहुंचाया था उसके लिए आपने छः पौंड आठ शिलिंग एक पेंस का हरजाना अदा करके जो कदम उठाया है उसके लिए मैं आपको हार्दिक बधाई देता हूं। आज से डेढ़ सौ साल पहले इसी तरह अंग्रेज़ी फौजों ने राजा बनारस के खिलाफ लड़ाई लड़ते हुए मेरे पुरखों के दो मन्दिरों को नुकसान पहुंचाया था। अंग्रेज़ी फौजों की बमबारी से हमारा एक मन्दिर तो बिलकुल टूट गया था, दूसरे की चारदीवारी गिर गई थी। उस ज़माने के तहसीलदार ने नुकसान का अन्दाज़ा दो लाख रुपये लगाया था। कृपा करके यह रकम जल्द से जल्द भेजने का कष्ट कीजिए। नुकसान का तखमीना तहसीलदार बनारस के प्रमाणपत्र के साथ आपकी सेवा में भेज रहा हूँ।

दूसरा खत

मौलाना सलाहुद्दीन की ओर से लार्ड बिशप ऑफ कैण्टरबरी के नाम

अस्सलामलैकुम! आपको मालूम होगा कि श्रीरंगपटम् के मुकाम पर टीपू सुल्तान के खिलाफ लड़ते हुए अंग्रेज़ी फौजों ने तीन मस्जिदों को

शहीद कर दिया था। अलावा जानी और रूहानी नुकसान के सिर्फ माली नुकसान का अन्दाज़ा दस लाख रुपये का है जो अंग्रेज़ी इतिहासकारों के ऐतिहासिक रेकार्ड से साबित किया जा सकता है, जिसकी एक नकल मैं इस खत के साथ नत्थी कर रहा हूं। मुझे पूरा भरोसा है और अंग्रेज़ी हुकूमत के इन्साफ से पूरी उम्मीद है कि फिलेडेल्फिया के गिरजाघर की मिसाल को सामने रखकर हमें दस लाख का यह हरजाना ज़रूर अदा कर दिया जाएगा। मस्जिद और गिरजाघर दोनों खुदा के घर होते हैं और समझे जाते हैं। लिहाज़ा गिरजाघर के हरजाने को नज़र में रखते हुए इस खाकसार का मस्जिद का हरजाना दिलवाया जाए। यह बात मेरे लिए और हामियाने-इस्लाम[1] के लिए ब असे-सदशुक्र-ओ-इतमीनान[2] होगी।

मुखलिस,
अलहाज मौलाना सलाहुद्दीन चिश्ती,
इमाम मस्जिद, श्रीरंगपटम्।

तीसरा खत

मास्टर तारासिंह की ओर से लार्ड होम के नाम

सतश्रीअकाल! आप जानते हैं और सारी दुनिया जानती है कि महाराजा रणजीतसिंह शेरे-पंजाब के उत्तराधिकारियों पर अंग्रेज़ों ने फौजी दबाव डालकर उनसे कोहनूर हीरा छीन लिया था। इस धांधली के खिलाफ उस वक्त भी आवाज़ उठाई गई थी और अंग्रेज़ीं हुकूमत के दौरान में भी हिन्दुस्तानियों की तरफ से बार-बार विरोध किया गया था। अब जबकि अंग्रेज़ी हुकूमत पुराने कर्जें चुका रही है, इन्साफ का तकाज़ा यह है कि कोहनूर हमें वापस दे दिया जाए। जौहरियों के अन्दाज़ के

1. इस्लाम के समर्थको 2. कोटि-कोटि धन्यवाद तथा सन्तोष का कारण।

हिसाब से कोहनूर की कीमत आठ करोड़ रुपये होती है। हमको हीरा कोहनूर फौरन मिलना चाहिए।

चौथा खत

बेगम रफतमहल ऑफ लखनऊ की ओर से
मिस्टर सेल्विन लायड के नाम

आदाब अर्ज़! बेगमात अवध के किस्से से तो आप वाकिफ होंगे। जब कम्पनी बहादुर को अपनी फौजों को तनख्वाह बांटने के सिलसिले में रुपये की सख्त ज़रूरत पड़ी थी तो उस वक्त के जनाब लाट साहब बहादुर वारेन हेस्टिंग्ज़ मरहुम ने (खुदा उन्हें करवट-करवट जन्नत नसीब करे!) बेगमात अवध का सारा खज़ाना ज़ब्त कर लिया था जो पचहत्तर करोड़ रुपये की मालियत का था। अज़-राहेकरम[1] वह रकम जल्द से जल्द अरसाल फरमाइए[2]। इन दिनों लखनऊ में सैलाब भी आ रहा है, इसलिए अगर बंदी रकम जल्द वसूल पाएगी तो आपके जानो-माल को दुआ देगी। उम्मीद है आप इस ज़रा-सी रकम के लिए मुझे याद-दिहानी का मौका न देंगे।

पांचवां खत

मेयर ऑफ कलकत्ता की ओर से मेयर ऑफ लन्दन के नाम

यह मैं क्या सुनता हूं? मिस्टर सेल्विन लायड ने आज से दो सौ साल पहले एक अमरीकी गिरजाघर का जंगला टूट जाने पर छः पौंड आठ शिलिंग एक पेंस की बहुत बड़ी रकम अदा की है? क्या रकम अदा करते वक्त वे 'ब्लैक होल' ऑफ कलकत्ता की घटना भूल गए, जो लार्ड क्लाइव की बदमाशी और दुष्ट स्वभाव के कारण हुई थी और जिसमें दर्जनों बंगालियों की जानें चली गई थीं। यकीनन एक इन्सान की

---

1. कृपापूर्वक 2. भेजिए

ज़िन्दगी गिरजा की एक दीवार से ज़्यादा कीमती है। मेहरबानी करके फौरन उन जानों का हरजाना उनके वारिसों को अदा करके बंगाली कौम को शुक्रिये का मौका दीजिए! मरनेवालों के वारिसों की संख्या आज दो लाख से ऊपर है। हर आदमी को एक सौ रुपया अदा करने पर यह हरजाना दो करोड़ पचास लाख अठत्तर हज़ार नौ सौ सात रुपये सात आने तीन नये पैसे होगा। और अगर आपने यह रुपया अदा न किया तो हम आपके छः पौंड पाठ शिलिंग एक पेंसवाले चैक को महज एक स्टंट समझने पर मजबूर होंगे।

छठा खत

पंडित नेहरू की ओर से मिस्टर मैकमिलन के नाम

डियर मैक! यह कहना मुश्किल है कि सेल्विन लायड ने आज से दो सौ बरस पहले के गिरजाघर के नुकसान का हरजाना अदा करके सही कदम उठाया है या गलत। मैं मज़हबी आदमी नहीं हूं, लेकिन इस किस्से का दूसरा पहलू यह भी है कि अगर एक हरजाना अदा किया जा सकता है तो दूसरा क्यों नहीं! मगर इस बात का भी आसानी से फैसला नहीं किया जा सकता है, क्योंकि यह दुनिया बहुत पेचीदा है और इसमें इतनी ताकतें, इतने तत्त्व, इतनी भावनाएं काम करती हैं कि किसी एक नतीजे पर पहुंचना बहुत मुश्किल है। बहरहाल! इस दुनिया में ज़िन्दगी की हकीकतों से आंख मिलानी ही पड़ती है, चाहे वह ऐटम बम हो या...

अब यह एक ऐतिहासिक सत्य है कि अंग्रेज़ी साम्राज्य के ज़माने में जब हिन्दुस्तानी कौम पराधीन और दलित थी, सारे देश में अठारह बड़े-बड़े अकाल पड़े थे (मैं कामनवेल्थ के रिश्ते को ध्यान में रखते हुए छोटे-छोटे अकालों का ज़िक्र नहीं करूंगा) जिनमें जान व माल के नुकसान की

सीधी ज़िम्मेदारी अंग्रेज़ी शासन की थी, और है। इन अकालों में उड़ीसा की एक-तिहाई आबादी और बिहार की एक-चौथाई आबादी खत्म हो गई। पिछले महायुद्ध के दिनों में बंगाल के अकाल में अकेले पैंतीस लाख बंगाली मौत के शिकार हो गए। भारत सरकार ने उस जान और माल के नुकसान का अन्दाज़ा पच्चीस मिलियन खरब पौंड लगाया है। मैं भारत सरकार और ब्रिटिश सरकार की गहरी दोस्ती और अन्तर्राष्ट्रीय सद्भावना को ध्यान में रखते हुए उम्मीद करता हूं कि आप मिस्टर सेल्विन लायड को जल्द से जल्द आदेश देंगे कि वे पच्चीस मिलियन खरब पौंड की रकम चैक द्वारा भारतीय खज़ाने को भेज दें।

पुनश्च : मैंने लन्दन में जॉन ओसबर्न का नाटक 'लूथर' देखा था ; पसन्द आया भी, नहीं भी।

सुना है कि इन खतों के बाद ब्रिटिश मन्त्रिमण्डल की एक विशेष बैठक बुलाई गई। कार्रवाई के दौरान में मालूम हुआ कि न सिर्फ भारत से, बल्कि लंका से, पाकिस्तान से, मलाया से, बर्मा से, सिंगापुर से, बोर्नियो से, चीन से, मिस्र से, ईराक से, अफ्रीका से, वेस्ट इंडीज़ से और दूसरी उन तमाम जगहों से, जहां ब्रिटेन का शासन रह चुका है, हज़ारों खत इस सिलसिले में मिले हैं। उनमें से हर खत सही था। मगर जब इन रकमों को जोड़ा गया तो मालूम हुआ कि अगर हरजाने की कुल रकम अदा कर दी जाए तो आर्थिक दृष्टि से इंग्लैंड बिलकुल उसी जगह पर पहुंच जाएगा जहां वह आज से दो सौ साल पहले था।

Unseasonal "Holi" In Chandni Chowk

By A Staff Reporter

In Chandni Chowk on Monday morning a lean man with a yellow handkerchief tied round his head fumbled in the pocket of his khadi kurta. He took out a box of matches which he handed over to a senior Congress leader. The latter set fire to a small [illegible] torn posters, calend[illegible] b[illegible]. As the flam[illegible] upwa[illegible] the [illegible] Sarvodaya [illegible]rkers [illegible] shouted [illegible] [illegible] Sant[illegible] [illegible]chow[illegible] [illegible] human voices caused [illegible] among the pigeons sitting on the wires overhead. When the slogan shouters raised their voices to demand the burning of all obsence literature, the pigeons presumably frightened took to a disorderly flight.

Curious spectators many of whom were mystified by the quaint ceremony, formed a circle round the bonfire. Children on their w[illegible] to school stopped to have [illegible] a couple of boys [illegible]

Holi hai [illegible] to [illegible] and [illegible] of the [illegible] matter of [illegible]

Certainly [illegible] p[illegible] in the bonfire [illegible] be [illegible]scribed as obscene [illegible] ascetic standards. Some [illegible] displayed handsome female faces. In some others film actresses were as profus[illegible] clothed as a Hindu bride. S[illegible] depict[illegible] Radha and Krishna in a [illegible] [illegible] only a few showed [illegible] figures in [illegible] garments. The books in Hindi and Urdu were however cheap and dirty.

When the attention of a Sarvodaya worker was drawn to the innocuous posters in the pile, he said: "These have been donated to us by people who regarded them as obscene." Obscenity obviously is liable to varying interpretations.

The bonfire—the first of its kind in Delhi since the Sarvodaya Mandal launched its anti-obscenity campaign in May last—was arranged as part of the celebrations of Acharya Vinoba Bhave's Jayanti.

The celebrations began [illegible] "prabhat pheri" [illegible] Colony [illegible] Chandni C[illegible] [illegible] about four [illegible] days [illegible] and [illegible]

[illegible] followed [illegible] Clo[illegible] [illegible]ed the spinning wheel [illegible] mood of devotion in the shadow of an old-fashioned gun and in the company of decorat[illegible] and plants.

Th[illegible] over the lean [illegible] the yellow handkerchief [illegible]ch. Shading his eyes [illegible] from the bright ra[illegible] [illegible] the [illegible] literature [illegible] months ag[illegible] to cinem[illegible] the[illegible] [illegible] agents a[illegible]

[illegible] had been [illegible] in [illegible] to [illegible] the display [illegible] cinem[illegible] sense [illegible] [illegible] cenity [illegible] pla[illegible] [illegible] [illegible] [illegible] hold [illegible] wanted the [illegible] to era[illegible] [illegible] the [illegible] Finally he ask[illegible] them to participate in the bon[illegible]

[illegible] little pile was burnt up in no time. As the wind scattered the ashes on the pavement, which had been cleaned only an hour earlier, the Sarvodaya men retired to have a simple breakfast in the Town Hall.

The driver of the scooter I engaged watched the proceedings with puzzlement and asked: "What is all this 'tamasha' about?" I did not have the heart to explain.

चाँदनी चौक में असामयिक 'होली'

गन्दा दान

"क्यों जी, आपके घर में कोई गन्दी किताब है?" ड्योढ़ी में से आवाज़ आई, तो सरोज चूल्हे पर से रोटियां उतारते-उतारते जल्दी से ड्योढ़ी में चली आई, और मेरे साथ एक दुबले-पतले खद्दरधारी भगतजी को देखकर झेंप गई। हम भी उसे देखकर एक क्षण के लिए झेंप गए, क्योंकि सरोज उस समय बिलकुल अजीब हालत में थी। दुपट्टा सर पर न था, बाल बिखरे हुए थे, सीना उभरा हुआ था। वह एक फटी हुई कमीज़ पहने हुए थी, जिसमें से उसका सुन्दर शरीर जगह-जगह से झांक रहा था। पहली नज़र में हमें वह बिलकुल किसी हिन्दुस्तानी फिल्म का इश्तहार मालूम हुई।

खद्दरधारी भगतजी ने हाथ जोड़कर नमस्कार करते हुए बड़े विनीत भाव से कहा, "बहनजी, आपके घर में अगर कोई गन्दी किताब हो तो हमें दान दे दीजिए।"

सरोज ने मेरी तरफ घूरकर देखा। मैंने निडर होकर कहा, "भगतजी, अगर बहन सरोज के घर में गन्दी किताबें न मिलेंगी तो कहां मिलेंगी? इसका घरवाला गन्दी किताबें छापने का ही धन्धा करता है।"

"छिःछिः, बहुत बुरी बात है!" भगतजी सरोज की तरफ अफसोस से देखकर बोले।

सरोज ने चमककर कहा, "गन्दी किताबें न छापें तो क्या करें? कोई और काम जब न मिले तो क्या भूखे मर जाएं? इसीसे पूछो..." सरोज ने मेरी तरफ इशारा करते हुए कहा, "मेरे घरवाले ने काम के लिए कहां-कहां कोशिश नहीं की—म्युनिसिपैलिटी में, सेक्रेटेरियट में, फर्मों

में, ठेकेदारों के यहां, दुकानों पर, कहां-कहां टक्करें नहीं मारीं? जब काम न मिले तो क्या अपने तीनों बच्चों को भूखा मार दें?"

मैंने कहा, "उन्हें फिल्मी पोस्टर खिलाया करो, उनमें हर तरह के विटामिन होते हैं!"

"आने दो उनको!" सरोज मेरे सामने हवा में मुक्का घुमाते हुए बोली, "मालूम होता है तुमने अब कोकीन का धन्धा छोड़कर सरकार की मुखबिरी शुरू कर दी है!"

"तुम हमें गलत समझ रही हो, बहन!" भगतजी बेहद विनम्रता से बोले, "हम सरकारी आदमी नहीं हैं। हम तो सर्वोदय के कार्यकर्ता हैं, आपके सेवक हैं।"

"जी हां," मैंने एक कदम आगे बढ़ते हुए कहा, "इससे पहले हम गन्दी और बंजर ज़मीनें जमा करते थे, आजकल गन्दी और अश्लील किताबें जमा करते हैं। अगर आप अपने घर से कुछ गन्दी किताबें दान में देंगी तो हम उन्हें लेकर फौरन चले जाएंगे।"

सरोज ने घूरकर मेरी तरफ देखा और इस तरह गुस्से से देखा जिस तरह फिल्म 'एक दो तीन' में मीना शोरी मोतीलाल की तरफ देखती है। फिर वह पलटकर जल्दी से अन्दर चली गई और उलटे पांव वापस लौटकर कुछ किताबें हमारे सामने पटककर गुस्से से फुंकारती हुई वापस चली गई।

मैं किताबें उठाकर उन्हें बारी-बारी देखने लगा, "असली कोकशास्त्र सचित्र! वाह-वाह! ...इसे तो मैं जरूर पढ़ूंगा!"

भगतजी ने जल्दी से वह किताब मुझसे छीन ली।

मैं दूसरी किताब देखने लगा, "कामसूत्र—लेखक: वात्स्यायन! अच्छा, मेरा खयाल अब तक यही था कि वात्स्यायनजी सिर्फ प्रयोगबादी कविता करते होंगे! ये हज़रत तो बड़े छुपे हुए रुस्तम निकले!"

भगतजी ने डांटकर मुझसे कहा, "अहमक हुए हो! वे वात्स्यायन

और थे। ये वात्स्यायन और हैं। यह कामसूत्र तो हज़ार वर्ष पुरानी लिखी हुई किताब है।"

"तो क्या यह किताब भी गन्दी है?"

"गन्दी किताब तो गन्दी किताब है, चाहे वह किसी ज़माने में लिखी जाए।"

"मगर मैंने सुना है भगतजी, कि कामसूत्र तो सेक्स के बारे में लिखी गई है और यह एक ज्ञान की किताब है, विज्ञान की पुस्तक है—यानी जहां तक उस ज़माने की साइंस सेक्स के बारे में सोच सकती थी।"

"मगर है तो सेक्स के बारे में! इसलिए गन्दी है।" भगतजी ने वह किताब भी मुझसे छीन ली।

तीसरी किताब पर एक अधनंगी औरत की रंगीन तस्वीर बनी थी, जो एक बाथ टब में नहा रही थी। किताब का नाम था—'गुसलखाने की महबूबा'।

"छिः छिः! "मैंने जल्दी से किताब को भगतजी के हवाले कर दिया। भगतजी किताब की तस्वीर देखकर बोले, "ऐसी तस्वीरें देखकर ही तो हमारे देश के नवयुवकों का चरित्र खराब होता है!"

"चलिए, यहां से चलें।" मैंने भगतजी से कहा।

मगर भगतजी तस्वीर को ध्यान से देखते हुए बोले, "मगर देखिए तो कितनी गन्दी...कितनी गन्दी तस्वीर आर्टिस्ट ने बनाई है! औरत के बाल खुले हैं!"

"शायद सर धोने जा रही हो!"

"अजी नहीं, बाल ही खुले नहीं हैं, सारी बांहें खुली हैं! गला नंगा है।"

"अजी छोड़िए!" मैंने कहा।

"छातियां नंगी हैं! पेट नंगा है!" भगतजी तस्वीर के एक-एक हिस्से

को ध्यान से देखते हुए बोले, "बड़ी गन्दी तस्वीर है!"

"इसे झोले में डालिए और आगे चलिए। अभी तीन घर और बाकी हैं।" मैंने भगतजी के हाथ से किताब लेकर दान के झोले में डाल दी और उनको साथ लेकर ड्योढ़ी से बाहर निकल आया।

भगत फफूंदीराम ने अपनी सच्चरित्रता से मुझे इतना प्रभावित किया कि मैं अपना जमा-जमाया कारोबार छोड़कर सर्वोदय आंदोलन में शामिल हो गया था। पहले हम लोग भूमिदान का काम करते थे। उसमें जनता ने हमारे साथ बहुत सहयोग किया। कुछ ही साल में हमें लाखों एकड़ ज़मीन दान में मिल गई। मगर बाद में जब जांच-पड़ताल की गई तो मालूम हुआ कि उसमें से ज़्यादातर ज़मीन बंजर और बेकार थी। दान देनेवालों के नैतिक पतन पर हमें बहुत दुःख हुआ। इससे हमारे मन में यह विचार पैदा हुआ कि देश उस समय तक उन्नति के मार्ग पर आगे नहीं बढ़ सकता जब तक यहां के लोगों का नैतिक स्तर न सुधारा जाए। इसके लिए एक तरफ सरकार ने नशाबन्दी करनी शुरू कर दी। दूसरी तरफ हमने फिल्मी पोस्टर फाड़ने शुरू कर दिए, और अब हम लोग गली-गली, मोहल्ले-मोहल्ले जाकर गन्दी किताबें जमा कर रहे थे। आज मैं भगत फफुंदीराम को अपने मोहल्ले में ले आया था।

दूसरा घर जहां मैं भगत फफूंदीराम को ले गया वह लाला ठाकुरदास का था। लाला ठाकुरदास चांदनीचौक के मशहूर जौहरी थे। एक ज़माने में दिल्ली की सारी मशहूर तवायफें उनके यहां से अपना ज़ेवर खरीदती थीं। मगर जब से दिल्ली में वेश्यावृत्ति बन्द हुई थी लाला ठाकुरदास का कारोबार कुछ ढीला पड़ गया था। आजकल वे अपनी दुकान पर ज़ेवरात के अलावा विलायती नावल्टी का सामान

भी बेचते थे और तवायफों का वही ज़ेवर सस्ते दामों पर खरीद रहे थे जिसे उन्होंने कभी महंगे दामों बेचा था। लाला ठाकुरदास कृष्ण-भक्त थे। दो बार मन्दिर जाते थे और अपनी तीनों पत्नियों के घर हर साल में तीन बार कथा कहलवाते थे। उन्होंने हमारे आन्दोलन को चलाने के लिए दिल खोलकर चंदा दिया था। इस समय हम उनके घर उनको धन्यवाद देने गए थे। मगर मैं दाद देता हूं भगतजी की और उनके उच्च नैतिक स्तर की, कि भगत फफूंदीराम अपने भक्त के घर जाकर भी अपने कर्तव्य से नहीं चूके। उन्होंने चलते वक्त दीवार पर टंगे हुए एक बड़े कैलेंडर पर उंगली रखते हुए लाला ठाकुरदास से कहा, "यह क्या है?"

"कैलेण्डर है!" लाला ठाकुरदास ने आश्चर्य से कहा।

"मगर किसका कैलेण्डर है?"

"राधा-कृष्ण का कैलेण्डर है!" लाला ठाकुरदास ने उत्तर दिया।

"क्या राधा इसी तरह अधनंगी रहती थीं?" भगत फफूंदीराम ने गुस्से से पूछा, "पतले कपड़े के अन्दर से अंग-अंग झांक रहा है!"

"मुमकिन है उस ज़माने में नाइलोन ईजाद हो चुका हो।" मैंने कहा।

"तुम चुप रहो!" भगतजी गुस्से से बोले, "और आर्टिस्ट ने कृष्ण को कैसे पेश किया है! देखिए तो इस कृष्ण की निगाह! कैसी बेहयाई और आवारगी है! ये राधा को कैसी बुरी निगाहों से तक रहे हैं!"

मैंने कहा, "मुमकिन है जिसे आप बेहयाई और आवारगी समझ बैठे हों वह केवल प्रेम हो!"

"नहीं, यह गन्दा कैलेण्डर है!" भगतजी ने दीवार पर लटका हुआ कैलेण्डर खींचकर अपने झोले में डालते हुए कहा, "मुझे हैरत है, लाला ठाकुरदासजी..."

लाला ठाकुरदास थर-थर कांपने लगे। घिघियाते हुए बोले, "भगत फफूंदीरामजी, मुझे माफ कर दो! मुझसे भूल हुई। असल में मैंने इस कैलेण्डर को कभी गौर से देखा ही नहीं। मैं इसे हमेशा राधा-कृष्ण का एक खूबसूरत कैलेण्डर समझता रहा।"

"माफ कर दीजिए, भगतजी!" मैंने सिफारिश करते हुए कहा, "इस बेचारे के दिमाग को शायद फफूंदी लग गई थी!"

भगतजी ने मुझे गुस्से से घूरा और कमरे से बाहर निकल गए। बाहर गली में जाकर पूछने लगे, "अब कहां चलना होगा?"

मैंने कहा, "अब तो एक ही घर रह गया है बाकी, जहां से हमें कुछ मिल सकता है।"

"कौन-सा घर है वह?"

"वह इस मोहल्ले का सबसे गरीब घर है। वहां एक बुढ़िया अपने बेटे के साथ रहती है। बेटा सिनेमा के इश्तहार दीवारों पर चिपकाने का काम करता है।"

"तो उसके घर तो ज़रूर चलना चाहिए!" भगतजी खुश होकर बोले।

"उसका नाम गौतम है। मगर वह एक ही सरफिरा और बागी है। मेरे खयाल में तो हमें उसके घर नहीं जाना चाहिए।"

"वाह, जहां सबसे ज़्यादा गंदे पोस्टर निकलने की उम्मीद है वहीं न जाएं, यह कैसे हो सकता है!" भगतजी बोले और मैं सिर झुकाकर उनके साथ हो लिया।

रास्ते में एक पब्लिक नल के नीचे एक नौजवान औरत नहाती हुई मिल गई। उसकी मटमैली धोती उसके गोरे शरीर से बिलकुल चिपक गई थी और वह बेचारी हमें देखकर ही शरमा गई। उसने जल्दी से अपना मुंह मोड़ लिया। ऐसा करने से हमें उसके शरीर की दूसरी चित्ताकर्षक गोलाइयां भी नज़र आ गईं, जो अब तक नज़र से

ओझल थीं।

मैंने कहा, "बिलकुल 'गुसलखाने की महबूबा' का पोज़ है!"

भगतजी बोले, "आखिर यह औरत अपने घर पर क्यों नहीं नहाती?"

मैंने कहा, "इसलिए कि हमारे घर में अकसर गुसलखाने नहीं होते। कहीं-कहीं तो नलका भी नहीं है। इस हालत में लोग क्या करें?"

"चलो-चलो, आगे चलो!"

"मेरे खयाल में तो इस नंगी औरत को ज़रूर समझाना चाहिए। आखिर यह क्यों पब्लिक नल के नीचे नहा रही है?"

"चलो-चलो, आगे चलो!" भगतजी जल्दी से आगे बढ़ गए।

जब गौतम के घर भगतजी ने अपने आने का उद्देश्य कहा तो गौतम भड़क उठा।

"मैं गन्दे फिल्मी पोस्टर बनाता नहीं हूं, सिर्फ उन्हें दीवार पर चिपकाता हूं।"

भगतजी बोले, "बुराई को समर्थन देना भी बुरा है। इससे समाज में गन्दगी फैलती है।"

"समाज में और जिन बातों से गन्दगी फैलती है, उन्हें दूर करने की कोशिश क्यों नहीं करते?" गौतम गुस्से होकर बोला, "समाज में जिन गन्दे सिद्धान्तों से भूख, बेकारी, गरीबी बढ़ती है, वे तुम्हारी नज़र में क्यों नहीं आते? सिर्फ फिल्मी पोस्टर फाड़ने से क्या होगा? बदइखलाकी, बदमाशी, ब्लैक-मार्केट का इतना बड़ा गन्दा पोस्टर जो समाज के मुंह पर चिपका हुआ है, उसे फाड़ने की हिम्मत क्यों नहीं करते? भगतजी, हाली खेलो तो ऐसी, जिसमें इस देश की रिश्वतखोरी, कुनबा-परवरी, जात-पात की लानत, चोरी-चकारी और मुनाफाखोरी, सारी की सारी जल के राख हो जाए! ऐसा कर सको भगतजी, तो मेरे घर से सारे फिल्मी पोस्टर उठा ले जाओ, बल्कि मेरी जान की भी होला खेलो! मुझ कोई

ऐतराज़ न होगा।"

"हीअर, हीअर," मैंने खुश होकर कहा, "भगतजी, लड़का ठीक कहता है! इसे अपने आन्दोलन में शामिल कर लो!"

"नहीं जी, बिलकुल अहमक और सिरफिरा है!" भगतजी गुस्से होकर बोले, "चलो, यहां से चलें!"

चांदनी चौक में हम लोगों ने बड़ी शान से गन्दी किताबों, गन्दे कैलेण्डरों और गन्दे फिल्मी पोस्टरों को जलाकर 'नई होली' मनाई। राहचलते सैकड़ों लोग इकट्ठे हो गए। भगतजी ने मौका देखकर अपना उपदेश शुरू कर दिया।

जब भगतजी अपना उपदेश दे रहे थे, उस वक्त मैं जल्दी-जल्दी से कैलेण्डरों, फिल्मी पोस्टरों और किताबों में से 'गुसलखाने की महबूबा' तलाश करने लगा। मगर और सब किताबें तो मुझे वहां मिल गईं, बस वही एक किताब मुझे नहीं मिली। हारकर मैंने सारे ढेर पर मिट्टी का तेल छिड़ककर उसे आग लगा दी।

किताबें जल रही थीं, भगतजी उपदेश दे रहे थे, और मैं उनके खद्दर के सफेद झोले को देख रहा था, जिसके अन्दर मुझे एक किताब हिलती हुई नज़र आ रही थी!

MATRIMONIAL

Wanted Suitable Match For A youngman aged 25, healthy and handsome, comes from respectable Khatari Kapur family, holding good career, well settled in business, income over Rs. Two Thousand monthly. Girl's parents please corres[illegible] Box 4496 The Times of In[illegible]hi. D8996

Wanted A [illegible] And [illegible]ell ve[illegible] bride [illegible] B.[illegible] [illegible] years working as F[illegible] Manager in a Mi[illegible] co[illegible] drawing rupees one thousa[illegible] five hundred per month. [illegible] wri[illegible] with full details of gi[illegible] Box 4[illegible] Times of India [illegible]

Well-placed [illegible] Punjabi di[illegible] travelled refined [illegible] children invi[illegible] correspondence from middleaged [illegible] with mature minds preferably [illegible]-Punjabi professionals (medicos, teachers) of independent means without encumbrance; view marriage. Send details in confidence to Box 4504 The Times of India, Delhi. D9068

RADIOS, GRAMOPHONES, ETC.

For Sale Phillips Tape Recorder In excellent condition. Contact Chandermohan 27, Nizamuddin East, New Delhi. Phone 74495. D9071

For Sale Imported Radiogram With built-in tape recorder. Price approximately Rs. 2,500. Write Box 4505 The Times of India, Delhi. D907[illegible]

MATRIMONIAL

Wanted suitable match for a young man aged 25, healthy and handsome, comes from respectable Khatri [illegible] family, holding good career, well settled in business, income over Rs. Two Thousand monthly. Girl's parents please correspond Box 4456 The Times of India, Delhi.

[illegible] wanted [illegible] and [illegible] Manager in a M[illegible] company drawing rupees one [illegible] and per month [illegible] with full details of [illegible] Times of India [illegible]

Well-placed [illegible] Punjabi [illegible] issue [illegible] mature [illegible] Punjabi professionals (doctors, lecturers) of independent means without encumbrance; view marriage. Send details in confidence to Box 4561 The Times of India, Delhi.

RADIOS, GRAMOPHONES, ETC.

For Sale Phillips Tape Recorder in excellent condition. Contact Chandramohan 21 Nizamuddin East, New Delhi. Phone 7[illegible]

For Sale Imported Radiogram with built-in tape recorder. Price reasonable Rs. 1,500. Write Box 4565 The Times of India, Delhi.

रिश्ते की ज़रूरत

[सेठ जोखमदास अपने महागुनी केबिन में महोगनी की एक उम्दा मेज़ सामने रखे एक घूमनेवाली कुर्सी पर बैठे हैं। उनके बिलकुल करीब सेठ जोखमदास का छोटा भाई सेठ लोखमदास बैठा है। दोनों के चेहरों में भाइयोंवाली समानता पाई जाती है। लिबास एक-सा है। बोलचाल एक-सी है। फर्क सिर्फ इतना है कि सेठ जोखमदास आयु में बड़ा दिखाई देता है और लोखमदास उसका छोटा एडीशन मालूम होता है।

सेठ जोखमदास की दाई ओर ज़रा फासले पर उसका प्राइवेट सेक्रेटरी बैठा है। एक फाइल आगे बढ़ाता है। सेठ जोखमदास फाइल देखकर अपने छोटे भाई की ओर मुड़कर कहता है—]

जोखमदास : लोखम!

लोखमदास : जी, जोखम!

जोखमदास : इस फाइल में सात सौ अर्ज़ियां हैं लड़कीवालों की, जो अपनी बेटी की शादी मेरे बेटे ठोठमदास से करना चाहते हैं। मैंने इनमें से सिर्फ सात अर्ज़ियां छांटी हैं, और आज उन्हें इण्टरव्यू के लिए बुलाया है।

लोखमदास : (खुश होकर) लड़कियों को? (फौरन अपने सर की पगड़ी इत्यादि ठीक करने लगता है।)

जोखमदास : लड़कियों को नहीं, उनके बापों को!

लोखमदास : ओह! (होंठ लटक जाता है।)

जोखमदास : मैं बारी-बारी हरएक का इण्टरव्यू लेता जाऊंगा। तुम गौर

से सब कुछ देखते और सुनते जाओ। और तुम (सेक्रेटरी को सम्बोधित करते हुए) सब सवाल-जवाब नोट करते जाओ।

सेक्रेटरी : सत् बचन!

जोखमदास : (फाइल से एक अर्ज़ी निकालकर सेक्रेटरी को थमाते हुए) इस अर्ज़ीवाले को बुलाओ। (सेक्रेटरी अर्ज़ी लेकर एक क्षण के लिए चुपचाप उसका अध्ययन करता है, फिर बड़ी फुरती से एक बटन दबाता है, बाहर घण्टी बजती है, एक चपरासी अन्दर प्रवेश करता है।)

सेक्रेटरी : श्री भीकमदास को अन्दर भेजो!

[चपरासी लौट जाता है, थोड़े समय के बाद केबिन में श्री भीकमदास प्रवेश करता है—चेहरे-मुहरे से, बैठने के अन्दाज़ से साफ मालूम होता है कि लड़कीवाला है।]

जोखमदास : भीकमदासजी! आप भी जानते हैं कि मैंने आपको क्यों बुलाया है, और मैं भी जानता हूं कि आप यहां क्यों आए हैं, इसलिए बेकार की बातों में वक्त ज़ाया न करते हुए मैं असली मतलब की बात पर आता हूं। मेरे पास ज़्यादा वक्त नहीं है और आपका वक्त भी बहुत कीमती होगा, इसलिए बिलकुल संक्षिप्त-सी वार्ता होगी। आप कम से कम शब्दों में मेरे प्रश्नों का उत्तर देते जाइए। मेरा सेक्रेटरी सारी बातचीत नोट कर लेगा। बाद में फैसले से आपको आगाह कर दिया जाएगा। कहिए, यह तरीका मंज़ूर है?

भीकमदास : जी, मुझे कोई एतराज़ नहीं है।

जोखमदास : बहुत खूब!...अच्छा...तो...(हाथ में पेंसिल लेकर घुमाते हुए) लड़की का नाम?

भोकमदास : मीनाकुमारी। मगर घर में सब लोग उसे प्यार से मुनियां कहते हैं।

लोखमदास : मुनियां बहुत प्यारा नाम है!

जोखमदास : लोखम!

लोखमदास : जी, जोखम!

जोखमदास : तुम चुप रहो।

लोखमदास : (सहमकर) बहुत अच्छा!

सेक्रेटरी : (लिखते हुए) मीनाकुमारी उर्फ मुनियां!

जोखमदास : आयु?

भीकमदास : बीस साल।

जोखमदास : रंग?

भीकमदास : रंग सांवला है, मगर नक्श बड़े तीखे हैं, और देखने में बड़ी सुन्दर लगती है।

जोखमदास : सेक्रेटरी, लिखो रंग सांवला है!

भीकमदास : जनाब, मेरी बेटी का रंग चाहे सांवला है, परन्तु उसने पिछले साल नैनीताल की प्रदर्शनी के मौके पर ब्यूटी-कम्पीटीशन में फर्स्ट प्राइज़ हासिल किया है।

लोखमदास : मुझे खुद सफेद रंग की औरत पसन्द नहीं है; ऐसा मालूम होता है, आप दुलहिन नहीं ला रहे हैं, शलजम खा रहे हैं! जिस रंग में नमक न हो, वह रंग फीका है। जिस सौन्दर्य में कोमलता न हो, वह सौन्दर्य सीठा है!

जोखमदास : लोखम!

लोखमदास : जी, जोखम!

जोखमदास : शादी तुम्हारी नहीं हो रही है, ठोठम की हो रही है!

लोखमदास : ओह!

जोखमदास : लड़की का कद कैसा है?

भीकमदास : पांच फुट तीन इंच।

जोखमदास : कमर?

भीकमदास : कमर छब्बीस इंच, सीना पैंतीस इंच, कूल्हा सैंतीस इंच, वज़न एक मन तीस सेर, तालीम नौ जमा दो—ग्यारह जमात!

जोखमदास : ओह, आपको तो तमाम गिनती-बारहखड़ी खूब याद हैं!

भीकमदास : बहुत-सी जगह इण्टरव्यू पर जाना पड़ता है, इसलिए ये गिनती अच्छी तरह से रट गई हैं।

जोखमदास : अच्छा है, इससे वक्त बच जाता है। और आजकल बिज़नेस में वक्त ही रुपया है। हां! इससे खूब याद आया, आप कितना इंकम टैक्स अदा करते हैं?

भीकमदास : एक लाख पचपन हज़ार सालाना।

जोखमदास : सेक्रेटरी, नोट करो!

सेक्रेटरी : सत् बचन!

जोखमदास : सेठ भीकमदासजी, आपकी लड़की बातचीत में कैसी है?

भीकमदास : जैसे लड़कियां बात करती हैं—शर्माके!

जोखमदास : मेरे बेटे ठोठमदास को शर्मीली लड़की पसन्द नहीं है।

भीकमदास : यों मुनियां बात करने पर आ जाए, तो घण्टों बात कर सकती है। उसने कॉलेज की डिबेटिंग सोसाइटी में फर्स्ट प्राइज़ भी हासिल किया था।

जोखमदास : मगर मेरे बेटे को बहुत ज़्यादा बात करनेवाली लड़की भी पसंद नहीं है।

भीकमदास : यह प्राइज़ उसने आज से चार साल पहले हासिल किया था, अब तो वह बहुत कम बात करती है।

जोखमदास : गोश्त खाती है?

भीकमदास : जी नहीं!

जोखमदास : मगर मेरा बेटा तो गोश्त खाता है।

भीकमदास : तो वह भी खा लेगी।

जोखमदास : मगर उसे गोश्त खानेवाली लड़की पसन्द नहीं।

भीकमदास : तो वह नहीं खाएगी।

जोखमदास : मगर उसे ऐसी लड़की पसन्द है जो खुद तो गोश्त न खाए मगर दूसरों के लिए पका दे।

भीकमदास : वह मांस, मच्छी, अण्डा, मुर्गी सब पकाना जानती है। खड़े मसाले का कोरमा और बैठे मसाले का रोगनजोश, नर्गसी कोफ्ते, लखनवी कोक्तियां, शामी कबाब और ईरानी पुलाव सब पकाना जानती है।

जोखमदास : आप तो ऐसे बात करते हैं जैसे वह किसी होटल में बावर्चिन रह चुकी हो!

भीकमदास : होटल की बावर्चिन तो नहीं, लेकिन होटल की मालिक अवश्य है—मैं 'माई लार्ड होटल' का मालिक भी हूं। मेरी बेटी के नाते से मुनियां का उसमें हिस्सा है।

जोखमदास : 'माई लार्ड होटल' आपका है?

भीकमदास : जी हां!

जोखमदास : माई गॉड! आपने पहले नहीं बताया!

भीकमदास : पहले आपने यह सवाल ही नहीं किया?

जोखमदास : सेक्रेटरी, नोट करो, 'माई लार्ड होटल' आपका है!

लोखमदास : 'माई लार्ड होटल' में आजकल एक नई गर्ल आई है—मिस जैन अलपाका! औरत है या बम्ब का धमाका! क्या आप उसे जानते हैं?

जोखमदास : लोखम!

लोखमदास : जी, जोखम...जी, बहुत अच्छा...जी...अब कुछ नहीं कहूंगा!

जोखमदास : क्षमा कीजिएगा, सेठ भीकमदासजी! आपको बहुत कष्ट

दिया। कल टेलीफोन द्वारा आपको अपने फैसले से सूचित कर दूंगा। हां, अज़ीज़ ठोठमदास के बारे में अगर आप कुछ पूछना चाहते हों तो ज़रूर पूछ सकते हैं। (घड़ी देखकर) मैं आपको इसके लिए दो मिनट दे दूंगा।

भीकमदास : जी नहीं! मुझे सब मालूम है, अज़ीज़ ठोठम बम्बई के सबसे बड़े धनवान और बिज़नेसमैन का बेटा है। नवीं फेल है, हकलाता है, बेहद एय्याश-ओ-बाश और खर्चीला है। मतलब कि पूरा अहमक है!

जोखमदास : (चौंककर)...अहमक है ...आप जानते हैं...फिर भी आप अपनी बेटी की शादी मेरे लड़के से करना चाहते हैं! क्यों?

भीकमदास : क्योंकि आजकल हर शादी की एक बिज़नेस-फिरू पोज़ीशन होती है। मैं अपनी मुनियां की शादी अज़ीज़ ठोठम से नहीं कर रहा हूं, मैं अपनी लड़की की शादी बम्बई की सबसे बड़ी बिज़नेस कारपोरेशन से कर रहा हूं!

जोखमदास : हाथ मिलाइए, सेठ भीकमदासजी! आपकी साफगोई मुझे बहुत पसन्द आई! मैं कल सुबह दस बजे आपको टेलीफोन करूंगा...अवश्य करूंगा!

भीकमदास : ओके...नमस्कार!

जोखमदास : नमस्कार!

[जब भीकमदास केबिन के दरवाज़े के बाहर चला जाता है तो जोखमदास अपने सेक्रेटरी की ओर मुड़कर कहता है—]

जोखमदास : नेक्स्ट प्लीज़!

[सेक्रेटरी दूसरी अर्ज़ी पर नज़र डालकर बटन दबाता है, चपरासी अन्दर आता है, सेक्रेटरी उससे कहता है—]

सेक्रेटरी : श्री जोहुकमदास को अन्दर भेजो!

[चपरासी बाहर चला जाता है, थोड़ी देर के बाद श्री जोहुकमदास प्रवेश करते हैं।]

जोखमदास : तशरीफ लाइए!

[जोहुकमदास बैठ जाता है।]

जोखमदास : आपका नाम?

जोहुकमदास : जोहुकमदास!

लोखमदास : पहले भीकमदास आए थे, अब जोहुकमदास आ गये हैं। आज जो आता है, दास ही आता है!

जोहुकमदास : दुनिया में दो तरह के लोग पाए जाते हैं—एक, जो 'बॉस' होते हैं, दूसरे, जो दास होते हैं!

लोखमदास : और जो इस परिभाषा को न मानें?

जोहुकमदास : वे न फेल होते हैं, न पास होते हैं, बल्कि समाज के अस्तबल की घास होते हैं!

जोखमदास : (खांसकर) इस किस्म के सब झमेले बकवास होते हैं! (खांसकर) श्री जोहुकमदासजी! आप भी जानते हैं मैंने आपको क्यों बुलाया है, और मैं भी जानता हूं कि आप यहां क्यों आए हैं, इसलिए बेकार की बातों में वक्त बरबाद न करते हुए मैं असली मतलब की बात पर आता हूं। मेरे पास ज़्यादा वक्त नहीं है और आपका वक्त भी बहुत क़ीमती होगा। इसलिए बिलकुल संक्षिप्त-सी बातचीत होगी। आप कम से कम शब्दों में मेरे प्रश्नों का उत्तर देते जाइए। मेरा सेक्रेटरी बातचीत नोट कर लेगा। बाद में फैसले से आपको सूचित कर दिया जाएगा। कहिए—यह तरीका मंज़ूर है?

जोहुकमदास : जो हुकम!

जोखमदास : अच्छा तो सबसे पहले नाम बताइए!

जोहुकमदास : नाम उसका शनिया है!

जोखमदास : कद?

जोहुकमदास : कद बूटा-सा है, न बहुत ऊंचा न बहुत छोटा, बल्कि ऐसा कि अगर ड्राइंगरूम में देखिए तो ड्राइंगरूम की सारी सजावट उसीसे हो, और बैडरूम में रखिए तो बैडरूम का केन्द्र वही मालूम हो!

जोखमदास : रंग कैसा है?

जोहुकमदास : सुनहरी! न काला न सांवला, न गन्दमी और न गोरा—ये सब रंग 'आउट ऑफ डेट' हो चुके, उसका रंग तो बिलकुल सोने का सा दमकता हुआ है! देखिएगा तो गश खाइएगा!

जोखमदास : शक्ल और सूरत?

जोहुकमदास : शक्ल और सूरत में हमारी शैना का कोई मुकाबला नहीं कर सकता, बेहतरीन से बेहतरीन पच्छमी मॉडल उसके आगे पानी भरे है! उसकी छब, बांकपन और खतूत की नाज़ुकी अजन्ता की सुन्दरता को मात करे है!

जोखमदास : गाती भी हैं?

जोहुकमदास : गाना तो साहब जिस ज़बान का चाहे सुन लीजिए, इक ज़रा इशारे की देर है। हिन्दी, उर्दू, गुजराती, मराठी, बंगाली, संथाली, तमिल, तेलगू, जिस ज़बान का गाना चाहे सुन लीजिए, और जिस रंग का जी चाहे : दादरा, ध्रुपद, ख़याल ठुमरी, फिल्मी कव्वाली, भजन-कीर्तन जो जी चाहे सुनिए!

जोखमदास : मेरे लड़के को गाने का बहुत शौक है, वह बिलकुल ऐसी ही चाहता है।

जोहुकमदास : जो हुकम! मैं तो इसीलिए हाज़िर हुआ हूं।

जोखमदास : और तालीम?

जोहुकमदास : तालीम?...अजीब सवाल किया आपने? खैर...तालीम

का भी इंतज़ाम है, और यह तो इन्सान की अपनी इच्छा पर निर्भर है कि वह किस प्रकार की शिक्षा-दीक्षा चाहता है, वरना जहां तक हमारी शना का सम्बन्ध है आप उससे अंग्रेज़ी में भाषण सुनिए, हिन्दी में, फ्रेंच में—वह साहित्य, इतिहास, दर्शन-शास्त्र, राजनीति किसी भी क्षेत्र में बन्द नहीं है!

जोखमदास : वज़न के बारे में कुछ बताया नहीं आपने? मेरे लड़के को भारी-भरकम पसन्द नहीं आती।

जोहुकमदास : अजी, आजकल किसीको भी नहीं आती, सेठजी! ज़माना बदल गया है! आजकल तो हर मनुष्य लेटेस्ट डिज़ाइन और सट्रीमलाइन सूरत पर मोहित है! हमारी शनिया भी बिलकुल आधुनिक फैशन की है।

जोखमदास : मगर वज़न?

जोहुकमदास : कह तो रहा हूं हुज़ूर, वज़न सिर्फ एक सौ बीस पौंड है। ऐसी हलकी-फुलकी और नाज़ुकमिज़ाज है, कि जब जी चाहे गोद में उठाकर एक कमरे से दूसरे कमरे में ले जाइए।

(जेब से सिगरेट निकालकर सुलगाने लगता है।)

जोखमदास : लोखम!

लोखमदास : जी, जोखम!

जोखमदास : (फुसफुसाहट में) यह लड़की तो मुझे अच्छी मालूम होती है!

लोखमदास : (फुसफुसाहट में) अजी, जो गुण यह वर्णन कर रहा है, इससे आधे भी अगर लड़की में मौजूद हों, तो फौरन रिश्ता कर लीजिए!

जोखमदास : मेरा भी यही विचार है। (मुड़कर जोहुकमदास से) क्षमा कीजिएगा, एक ज़रूरी बात पूछना भूल गया। आप इंकम टैक्स कितना अदा करते हैं?

जोहुकमदास : इंकम टैक्स?... मगर इंकम टैक्स का शैना से क्या सम्बन्ध?

जोखमदास : देखिए, यों तो कोई सम्बन्ध नहीं है, बज़ाहिर तो कोई सम्बन्ध नहीं है, मगर आप जानते हैं इस किस्म की बातों में हसब-नसब भी देखा जाता है!

जोहुकमदास : आह...समझा! ...खूब समझा...अजी जनाब, सेठ जोखमदास साहब, आप यह मामला किसी लल्लू-पंजू से नहीं कर रहे हैं! हमारी फर्म पिछले पचास साल से इसी बम्बई में काम कर रही है! हमारे दफ्तर बम्बई के अलावा कलकत्ता, मद्रास, बंगलौर, दिल्ली और नागपुर में भी हैं। हमारा हेड आफिस न्यूयार्क में है। एक फैक्टरी लन्दन में भी है। हम कितना इंकम टैक्स देते हैं इसका कुल अंदाज़ा करना तो मुश्किल है, क्योंकि हम सिर्फ हिन्दुस्तान में नहीं बल्कि दुनिया के दस मुल्कों में इंकम टैक्स अदा करते हैं, और जो रकम हमने इस सिलसिले में पिछले साल अदा की है, उसकी मालियत दो करोड़ रुपये से कम न होगी।

जोखमदास : दो करोड़ रुपये?

जोहुकमदास : जी हां!

जोखमदास : लोखम!

लोखमदास : जी, जोखम!

जोखमदास : (फुसफुसाते हुए) मेरे ख्याल में यह मामला ठीक मालूम होता है!

लोखमदास : (फुसफुसाते हुए) फौरन हां कर दीजिए!

[सेठ जोखमदास अपने छोटे भाई से सलाह करके जोहुकमदास की तरफ पलटता है तो जोहुकमदास सिगरेट का धुआं उड़ाते हुए कहता है—]

जोहुकमदास : कहिए—कुछ और पूछना हो तो पूछ लीजिए, अपने दिल के सारे शक मिटा लीजिए।

जोखमदास : जी नहीं, अब न कुछ पूछना है, न कहना है, न सुनना है, न हमारे दिल में कोई शक-शंका बाकी है—हमें तो मंज़ूर है!

जोहुकमदास : आपको मंज़ूर है तो मुझे भी मंज़ूर है।

जोखमदास : तो मिलाइए हाथ!

जोहुकमदास : (हाथ मिलाकर) जो हुकम!

जोखमदास: अब फरमाइए, सगाई की कौन-सी तारीख तय की जाए!

जोहुकमदास : सगाई! कैसी सगाई?

जोखमदास : आप भी खूब मज़ाक करते हैं सेठजी, भला शादी से पहले सगाई नहीं होती है?

जोहुकमदास : शादी! किसकी शादी?

जोखमदास : आपकी लड़की की मेरे लड़के से शादी! मैंने इस सिलसिले में आज लोगों को इण्टरव्यू के लिए बुलाया था।

जोहुकमदास : मगर मेरी तो कोई लड़की ही नहीं है!

जोखमदास : लड़की नहीं है तो फिर अब तक यह बातचीत किस सिलसिले में हो रही है! यह शैना कौन है?

जोहुकमदास : शैना! ...ओह...शैना तो एक रेडियोग्राम है, मैं 'शैना रेडियोग्राम मशीन कम्पनी' का एजेण्ट हूं। अपनी मशीन बेचने आया था...किसी लड़की का सौदा करने नहीं आया था... क्षमा कीजिएगा। अजब गलतफहमी हो गई......

[लोखमदास, जोखमदास, सेक्रेटरी सब हक्के-बक्के होकर जोहुकमदास की ओर देखते हैं; जोहुकमदास अपनी टोपी मेज़ से उठाकर सिर पर पहन कर अफसोस से सिर हिलाते हुए चलने लगता है।]

[परदा]

◇◇◇